龍之國幻想

U0028563

龍之國幻想

龍之國幻想
3
百鬼的號令
三川美里

目次

龍之國幻想

主要登場人物介紹

央大地之下有龍沉眠。
人民理當在中央的龍之原生活。
但犯下大罪之人被逐出龍之原，流放到八洲。
最北端的反封洲有一道深邃的地穴，
一旦墜入就再也爬不出來……

Tomo no Arima
伴有間 二十八歲

反封洲國主的長子，
幼年在地穴裡經歷過悲慘的往事。
好不容易被救出來，又遭到父親排斥，
賭命爭奪下一任國主的寶座。

Haruhana
悠　花 十九歲

日織的第二位妻子，
美麗機智，值得信賴。
和日織共同保守著
重大祕密。

Hiori
日　織 二十七歲

既是女性又是遊子，
當上了龍之原的皇尊。
立志改革國家。
和出使龍之原的有間
建立了深厚交情。

Miyabi
美矢比 二十三歲

有間的表妹。高貴又美麗，
毫不掩飾對有間的好感。

Tomo no Toukoku
伴透谷 二十八歲

有間的其中一位異母弟弟。
認為從地穴獲救的有間
搶走了自己的一切。

Tomo no Keikoku
伴敬谷 二十六歲

透谷的同胞弟弟。
性格粗獷，孔武有力。
對兄長言聽計從，但稍嫌魯莽。

Tomo no Iki
伴壹岐 二十四歲

有間的其中一位異母弟弟。
因為母親身分低微而受人輕視，
仰慕不歧視他的有間。

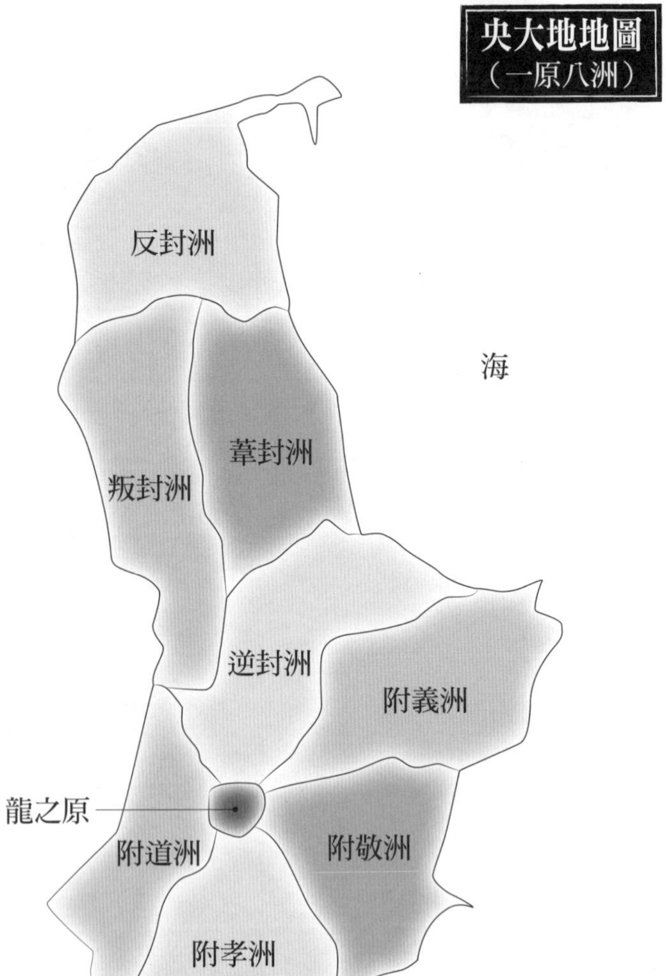
央大地地圖
（一原八洲）
反封洲
海
葦封洲
叛封洲
逆封洲
附義洲
龍之原
附道洲
附敬洲
附孝洲
北

反封洲地圖

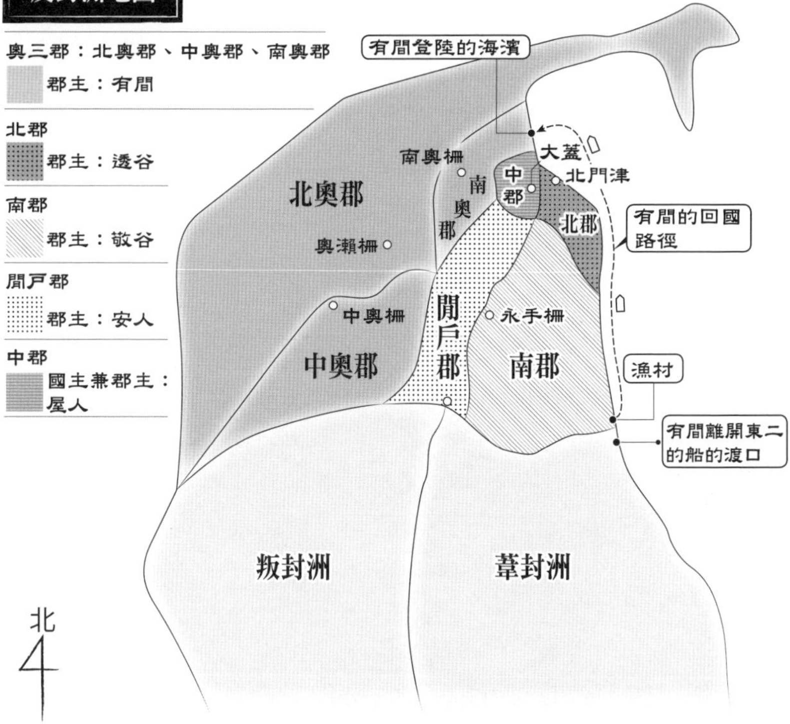

地圖製作：Atelier Plein

央大地坐落於巨龍之上，此巨龍名為地龍，被奉為地大神，長久沉眠至今。守護地龍沉眠的是龍之原的歷代皇尊，即是遷徙至龍之原的皇祖治央尊的後代。

龍之原的人民是隨著治央尊航行來到此地之人的後代，自然留在龍之原生活。

但是，到了某一天……

有八人犯下了嚴禁的八條大罪，這八人被逐出龍之原，流放到八個地區。這些罪人成為國主，建立了八個國家，名為八洲。

八洲的人民背負著自古流傳下來的罪。

犯了最嚴重的謀反罪之人被流放到反封洲，這是央大地最北端的偏遠國家，和龍之原中間隔了兩國。

此國有個「地穴」，那是一道深邃的裂谷，掉下去的人絕對爬不出來。這個地穴彷彿在提醒人們記得自己的罪孽。就算沒有地穴，這片土地也一直在嚴懲罪人，除了氣候嚴寒、土地貧瘠，還有無數猛獸，背負著罪孽的人民不得不為生存而奮戰。

龍之國幻想 3

百鬼的號令

序章

變乾淨了呢。他如此想著。

一具骸骨孤零零地躺在微光照射的地方，有間跪在骸骨旁邊。

頭蓋骨還有少許連著毛髮的乾枯皮膚，不過雙手用力一撕就能撕下來，而且也沒有惡臭，只有一片白色，非常乾淨。

他把骸骨抱在懷中，嘆氣似地輕喚著「母親」。和活著的時候相比，現在的母親或許更安詳、更幸福。

「這樣子好多了，非常好。」

一個溫和的聲音帶著刺鼻的強烈體味從後方傳來。有間回頭一看，衣衫襤褸的消瘦老人笑著站在他身後，眼角擠出深深的皺紋。

老人似乎患了眼疾，眼睛總是溼溼的，但眼神十分清澈。

「謝謝你。我照你說的去做，結果真的變乾淨了。」

「幸好現在是夏天，蟲子比較有活力，所以很快就變乾淨了。夏天真好啊，能吃的東西也變多了。」

老人溫和地回應，然後看了看手中的小樹枝，上面大約插著十隻綠色翅膀的蟬。老人很擅長抓蟬，不只是蟬，他抓其他蟲子或小動物的技術也比別人厲害多了。

不僅如此，老人還擁有非常豐富的知識。有間從他那裡學到了很多事，像是該怎麼處理蚊蟲咬傷、哪裡可以找到容易生火的材料，以及要如何迅速地清除附在骸骨上的腐肉……

「嗯，夏天很好。」

有間點頭回答，抱著骸骨站起來。

「這個給你。」

老人遞出了串著蟬的小樹枝。這或許是老人安慰人的方式，有間確實為今晚不會餓肚子而感到開心。

他將蟬串握在抱著骸骨的那隻手上。

此時突然傳來一聲臨終哀號般的慘叫。聲音在深邃的裂谷之中迴盪，但有間和老人卻連頭都不回。

這是常有的事。大概是有人被殺了，或是被割掉了耳朵。反正就是這一類的事。

夏天比較少聽到慘叫，冬天食物變少了，慘叫聲就會變多。因為人不能不吃東西。

「回去岩壁下吧，有間大人。」

有間跟在老人的背後邁出步伐。抬頭望去，高到令人絕望的峭壁左右包夾，彷彿隨時要撲過來。上方是一條細細的天空。

這裡是地穴之中。

反封洲有一條深邃的裂谷，掉進去的人絕對爬不出來。在反封洲都是把罪人逐到谷底。

四年前，有間和母親一起被打入這個地穴，如今他已經九歲了。

有間和母親並沒有犯罪，他們是因冤罪而受罰的。

下令把他們放入洞穴的是有間的親生父親，反封洲國主伴屋人。他會做出這種事是因為太迷戀有間母親的美貌而疑神疑鬼，明明沒有證據卻認定她不忠，甚至以為有間不是自己的孩子。

汙濁的空氣瀰漫著惡臭，地穴外的人要是聞到，鐵定會嗆到無法呼吸。奇怪的是人竟然也能適應惡臭，聞久了就會變得麻木，漸漸地不在乎了。

有間已經不再期望離開這裡，也不再去想要怎麼離開。

就像漸漸適應了惡臭而不以為意一樣，適應了絕望之後，人心也會變得麻木，不再掙扎，開始把絕望看得稀鬆平常，甚至不會意識到絕望，只覺得這是再正常不過的日常生活。

老人突然轉身，朝有間伸出手。有間慢慢握住那少了兩根手指的右手，老人清澈的眼睛露出笑意，牽著抱住骸骨的有間往前走。

兩人才剛沿著崖壁走了一下子，有間的頭部突然受到一記從側面飛來的重擊，如石頭砸到般的劇痛讓他感到天旋地轉，腳步蹣跚，放開了老人的手。

他知道有人躲在岩壁洞穴裡偷襲，但他的身體失去了平衡，跪倒在地，雖然想逃，雙腳卻站不起來。

老人「啊！」地低聲驚呼，轉過頭來，接著就沒動作了，想必是動彈不得吧。石頭落地的堅硬聲響傳來，跪在地上的有間被人一把抓住手腕。

偷襲者的粗壯手臂想要搶走插著蟬的樹枝，有間死命地護住，但手腕幾乎被扭斷，令他不得不放手。樹枝一離手，那人就迫不及待地用膝蓋撞向他的臉。

受到重擊的臉上一片熱辣，有間當場倒下，臉貼在地面，溫熱的液體從太陽穴流下，沿著臉頰流到下巴。那是帶著鐵鏽味的血液。

他睜開眼睛，在地上仰望著嚇到不敢動的老人。

有間心想自己或許會死，恍惚地注視著老人。他毫無意義地抱緊母親的骸骨，不肯放手，同時又置身事外地想著，如果自己死了，這東西就會像石頭一樣被丟在路邊。

他既不害怕，也不厭惡，更沒有憎恨，默默地思考自己能不能再站起來握住老人的手。

不是強烈的期望，只是一個隱隱約約的念頭。

停止掙扎的麻木心靈遲早會腐朽毀壞。雖然有間只有九歲，還是靠著本能察覺到這一點。

不過，如果……

如果停止掙扎、逐漸乾枯腐朽的心靈接觸到地穴外的空氣，會怎麼樣呢？正是因為逐漸乾枯腐朽，接觸到空氣就會立刻起火，燒得熾烈無比。

六年後。有間在十五歲時從地穴被救了出去。

他的心靈接觸到外面的空氣，於是……

第一章　亡者回歸

一

年方十二的少女很喜歡木槿，一看見花開就會摘下來插在髮上。當時她的頭髮也插著淡紅色的木槿花。

「美矢比，美矢比。這是白色的木槿，送給妳。不要嗎？妳看，我幫妳插在頭髮上吧？」

當時十三歲的壹岐在距離美矢比五、六步的地方頻頻叫道。他褲管下露出的腳踝瘦得可憐，晒黑的臉上露出滑稽的表情，努力地吸引少女的視線。

但美矢比看都不看他一眼，而是用懷疑的眼神瞄著站在她眼前的兩位少年。

「妳看，美矢比，很稀奇吧？這是逆封洲的商人獻給我的東西，聽說是長在貝殼裡的寶石。」

透谷一邊說，一邊展示著手中晶瑩剔透的白色珠子。

他長相端正，身上穿著繡波浪紋的華麗大衣，雖然才十七歲，但他去年被任命為反封洲最繁榮的北郡的郡主，因此越來越有大人物的氣勢。他的身邊有一位佩戴寬幅太刀的剽悍武人，那是透谷的家臣，負責指導他劍術，還要負責輸給他。

「美矢比，透谷兄君管轄的北門津是很了不起的港口喔。」

鼻孔擴大、一臉自豪地炫耀著兄長地位的是比透谷小兩歲的弟弟敬谷。他比透谷魁梧壯碩，肩上肌肉如野牛一樣突出隆起，眼神卻像隻順從的小狗，充滿了對兄長的尊敬。

有間牽著被帶出馬廄的馬，正要前往馬場。他遠遠看見了這些人的互動，心中卻毫無波瀾。

美矢比是有間的表妹。

透谷、敬谷、壹岐都是他的異母弟弟。

但有間兩年前剛從地穴回來，和他們相處時間很短，人生經歷也是天差地遠，所以就算跟他們住在一起，卻覺得彼此距離非常遙遠。

「嘿，美矢比，妳來北門津看看吧，船隻會帶回來很多稀奇的東西喔，甚至還有龍之原的寶玉，或是服侍皇尊的宮人的服裝喔。如果妳當了我的妻子，這些東西都是妳的了。」

聽到透谷熱情的發言，美矢比的表情還是沒有絲毫改變。

國主屋人的妹妹年紀輕輕就過世了，只留下美矢比這個女兒。屋人非常溺愛妹妹，因此也把她的女兒美矢比視如己出，百般疼愛。

透谷、敬谷、壹岐知道美矢比是他們的表妹，但是跟她像親兄妹一樣從小一起長大，而且每個都深受她吸引。

每個見到美矢比的人都會為她的美貌所折服。

看到美矢比不為所動，透谷非常焦躁，或許是氣自己沒辦法哄她開心，他轉頭瞪著壹岐，遷怒似地吼道：

「少囉嗦！你這俘虜之子！給我閉嘴！」

敬谷也學著兄長的態度，撿起腳邊的石頭丟向壹岐，如同在驅趕野狗。

「俘虜之子別過來！」

石頭打中了壹岐的手腕，但他輕輕摸了摸手腕，咧嘴一笑，揚起手上的木槿說：

「聽不到，聽不到。我只聽得到美矢比的聲音。妳看啊，美矢比。」

美矢比依然沒有看他。她對壹岐說的話毫無反應，彷彿沒意識到他的存在。

「小子，你太礙眼了，別再接近我們少主大人！你忘了自己的身分嗎？你只不過是流著國主的血才被恩准活下來，可別以為自己和我們少主大人是一樣的！」

透谷身旁的武人手按刀柄，惡狠狠地瞪著壹岐。刀在鞘中發出鏗的一聲，壹岐怕得縮了一下，隨即又露出笑容。不過他之後彷彿失去了力氣，一直沒再開口說話。

不是因為被人威脅，而是得不到美矢比的青睞令他非常沮喪。但壹岐隨即看見有間的身影，他像是故意露出開朗表情，大大揮著手。

「有間兄君！」

他眼睛發亮地跑了過去。

「你要去馬場啊？我也想一起去。」

「如果你要去，就把馬帶來。」

有間回答得很冷淡，壹岐卻粲然一笑。

雖然有間話不多，總是用尖銳眼神掃視著周圍，但壹岐並沒有感到害怕，反而對他充滿興趣，無論有間的態度多冷漠，壹岐還是樂此不疲地接近他。後來有間即使態度依然冷淡，卻也漸漸會回應壹岐了。他看得出來，這讓壹岐非常開心。

正當壹岐大聲回答「是！」的時候，有間看見他身後的美矢比默默離開了透谷和敬谷，怒氣沖沖地走過來。

透谷往前走了一步，似乎想要叫住美矢比，但他一看見有間就皺緊眉頭，似乎不想靠近這邊，也不想讓有間聽到他的聲音。

他討厭有間是很正常的事。

透谷和有間同年出生，只比有間晚了幾天，所以他就連稱呼有間為兄長都很不情願。此外，有間被打入地穴直到生還的十年間，他一直居於長子的地位，所有人都視他為下一任國主，他自己也是這麼想的。

但是有間奇蹟似地生還後，一切都變了。

透谷如今被稱為二少主，大臣們也開始認為下一任國主是有間，從透谷的角度來看，他當然會覺得自己的地位是被有間奪走的。

透谷從不隱藏對有間的反感，所以同胞弟弟敬谷也仿效了兄長的態度。

敬谷戰戰兢兢地交互望向透谷和美矢比的背影。

美矢比站在有間正前方，抿緊嘴脣，一副有話要抱怨的樣子，但有間不記得自己做錯過什麼事，所以只是默默地看著她。

「怎麼了，美矢比，妳有事要找有間兄君嗎？」

美矢比沒有回答壹岐的問題，而是挑釁似地瞪著有間，開口說道：

「有間，我聽說你被任命為奧三郡的郡主，後天就要上任了。」

「是啊。」

他不知道美矢比到底想說什麼。

美矢比露出更生氣的表情，說道：

「我喜歡你，有間。你知道吧？」

在那雙美麗眼睛的注視下，有間回答：

「……所以呢？」

美矢比一臉錯愕，壹岐像是踩到荊棘似地皺起臉孔。

透谷呆住了，敬谷則是一臉擔心地看著兄長。

那已經是十一年前的事了。

有間想起了久遠的往事，或許是因為快回到故鄉反封洲了吧。

他按著煩人地撫過臉頰的頭髮，望向大海。

帶著海潮味道的海風吹在草帆上，有間搭乘的平底船向北行駛。

有間是神話描述為負有罪孽的反封洲國主的長子，在機緣巧合之下，他幫了龍之原的皇尊，見證皇尊立穩根基，與之建立了交情。

他帶著皇尊賜下的書信踏上歸國的旅途，一邊想著所謂的奇緣就是這樣吧。

船的左邊是連綿不絕的陸地，右邊是水平線。在風的吹送下，船頭劃開海面，掀起了白浪。船舷旁的海面蓋著一層銀色光輝，如同一片擴散的油膜，那是一群擠到船邊的小魚，因為魚鱗反射了陽光，所以看起來閃閃發亮。小魚躲在船影之下，免得在游向北方時被能一口吞下人類的巨魚看見。

這種小魚名叫諫，具有成群洄游故鄉的習性。

因為厭倦頭髮被風吹亂，有間隨意紮起頭髮，但純白的髮梢還是煩人地在風中擺盪。

（我被趕出國六十多天了，那些傢伙做了什麼準備呢？）

他的嘴角露出諷刺的笑容。

國主伴屋人命令有間「遵照約定去龍之原迎接遊子小姐」，是在晨昏依然很冷的晚春時節。

有間還以為自己聽錯了。為什麼自己會被指派這種任務呢？依照慣例，出使龍之原的人應該是負責保管國主印符的祭禮番。

統治龍之原的皇尊家族裡的女性能聽見龍的聲音，也有一些人聽不見，她們被稱為遊子，地位極低。大約三十年前，皇尊突然通知八洲國主，說要把遊子賜給他們做為妾室。

皇尊是鎮守巨龍的神國統治者，八洲國主無法拒絕如此高貴之人的賞賜。

收到遊子小姐和「交由你們處置」這句話之後，八洲國主終於明白，皇尊賜給他們遊子小姐是為了體面地趕走這些聽不到龍聲的「瑕疵品」。而且他們也聽懂了那句「交由你們處置」所隱含的殘酷涵義。

對八洲國主來說，去接遊子小姐只是一件麻煩又沒有意義的煩人瑣事，而且從反封洲去龍之原得走海路，就算天候良好，來回一趟最快也要花費十五天，還得經過其他國家，風險相當高。國主指派大家公認為下一任國主的有間執行這項任務，必定有什麼陰謀。

聽到這個命令，有間只遲疑片刻就做出了決定。

他知道就算自己抗議也無濟於事，於是低頭回答「遵命」，鎮定自若地出發前往龍之原。

有間早就知道父親厭惡他，也猜到了父親遲早會設計除掉他。如今父親丟給他這件無意義又麻煩的瑣事，讓他離開國家，一定是為了做好剷除他的準備。

屋人命令有間出使國外，應該是打算趁他不在的時候策劃某些事。不只是屋人，還有和他一樣厭惡有間的人。更不巧的是，有間此行正好遇上皇尊駕崩，連他也沒料到自己會離開國家這麼久。

這給了他們充足的時間做好準備。

（那些傢伙一定正在摩拳擦掌等著我回去。）

有間並沒有差人回去報告自己正要回國的消息。

不過那些人鐵定派了間諜在逆封洲的渡口監視有間的動向，他一選好要搭乘的船，那些間諜必定會搭上先一步離港的船，趕回去報告有間準備回國的消息。

有間搭乘的船會沿著逆封洲和葦封洲的海岸往北走，沿途停靠幾個渡口，最後到達反封洲最大的港口——北門津。這是一艘商船，運載的貨物是米和鹽。

和有間同行的包括四位屬下，以及從龍之原帶回來的年幼小姐和負責照顧她的老婦人。他只說自己是反封洲國主的家臣，要求船主載他們一程，談好報酬，七人順利上了船。不過那位商人大概多少猜到了有間的身分。

畢竟他的外貌是如此搶眼。

體格鍛鍊得精壯結實，一看就知道是個武人，再加上如初雪般的白髮。伴有間有一頭白髮是人盡皆知的事。看到這副樣貌的男人帶著幾位像是屬下的人說要回反封洲，商人一定能輕易看出他是反封洲國主伴屋人的長子，也就是未來的下一任國主。

但是商人一定會覺得很奇怪吧，被視為下一任國主的人怎麼會只帶著幾個屬下跑到國外呢？

屋人十分忌憚有間。

從前他憑著不實的罪名把有間和母親放逐到環境嚴苛的地穴。

因為明白事理的家臣不斷勸說，屋人最後終於下令救出他們兩人，但事情已經過了十年，屋人一定覺得只能從地穴撿回有間和母親的骸骨吧。

沒想到有間還活著。雖然母親六年前已經過世，變成了一具白骨，但是抱著骸骨出現的少年滿頭白髮，瘦得只剩皮包骨，唯獨眼睛迸發精光，讓屋人看得很害怕。屋人還對身邊的人說過有間遲早會向他復仇。

（算計我的人最有可能是父國主，除了他以外……也可能是透谷和敬谷。說不定是三人合謀。）

除了對有間既害怕又厭惡的屋人之外，如果還有其他策劃者，必定是二男透谷，還有向來支持同胞哥哥的三男敬谷。

（父國主向來寵愛透谷和敬谷，不管他們想出什麼計策，父國主都會幫他們的。）

繼續往北航行，後天就會看到大海從溫暖清爽的藍色變成深綠，因為海洋中層有著在夏天裡依然冰冷的寒流。東北沿岸的海洋還不算太冷，相較之下，西北的海洋即使在盛夏依然冰冷到令人凍僵，不只中層，連表層也是。

再過兩個渡口，就會到達北門津。

如果天氣沒有變差，三天後就能踏上故鄉的土地，但有間並不覺得欣喜或安心。

（我必須先發制人。）

有沒有目前在船上能用的對策呢？有間正在思索，突然有個尖細的聲音喊道：

「少主！」

像小狗一樣眼睛渾圓的少女得意洋洋地跑過來，照顧她的老婦人在後面追趕，叫道「跑太快很危險的，小姐」，但老婦人自己反而被地板的落差絆得差點摔倒。

「少主，你看，我換上八洲的衣服了。」

仰望著有間的稚氣眼睛充滿了期待的光輝，渴望得到誇獎。被這種眼神盯著，無論她打扮得多麼可笑，有間都只能讚美她。不過這身裝扮確實很適合她。

「挺有模有樣的嘛。看起來很方便活動，真不錯。」

與理賣一聽就露出滿面笑容。

龍之原皇尊託付給他的七歲少女是王的女兒，但她沒有半點貴族小姐的溫婉氣質，反而非常活潑好動，偶爾還會做出古怪的行為。

龍之原的服裝，尤其是皇尊一族、護領眾、宮人的服裝，看在八洲居民的眼中非常古典，很引人注目，所以昨天停靠渡口時，有間派人幫與理賣和照顧她的老婦人大路買了八洲風格的服裝，叫她們換上。與理賣大概是穿上新衣很開心，專程來給他看。

和小姐的服裝相比，現在這套合身的窄袖上衣和褲裝更適合與理賣。髮型也由原先的小小髮髻換成紮得很高的馬尾，看起來活潑又俏皮。

「有間大人，與理賣小姐這套衣服是男孩的服裝嗎？」

跟著跑來的大路胸上以布帶綁著褶（註1），這是平民女性的裝扮。

「這樣比較方便活動。」

大路「哎」了一聲，好像還想說什麼，但有間先開口了。

「我早就說過，不會把她當成王女供起來呵護。」

「我比較喜歡這套衣服！很好活動！」

有間蹲低身子，看著開心的與理賣。

「妳喜歡嗎？」

「嗯，少主！」

「少主啊……我一直在想，妳不應該這樣稱呼我，妳不是我的屬下，也不是國主的臣子，沒必要叫我少主。」

註1　狀似百褶裙的下裳。

「那我該怎麼叫你呢？」

「叫我有間就好了。」

「有間大人？」

「不用加上大人。」

「那就有間？」

「這樣就好了。」

大路皺起了眉頭。

「不行，這樣稱呼太沒禮貌了。至少要加上兄君，有間兄君。」

「這樣太拗口了。乾脆直接叫兄君吧。」

與理賣開心得臉頰泛紅，慎重其事地喃喃念著「兄君」。

「謝謝你買衣服給我，兄君。」

「妳喜歡就好了，不過光是改變穿著沒有用，心態也要一起改變才行。很抱歉，八洲不是龍之原那種神國，人與人之間經常發生衝突，而且都是靠武力解決，這裡還有很多龍之原沒有的危險生物，稍有不慎就會喪命。」

「兄君，我們要去的反封洲是那麼可怕的地方嗎？」

「我得先告訴妳，反封洲的氣候、生物和人民都不像龍之原那樣溫和，但是我會保護妳們，我也希望妳們學會避免讓自己處於險境。因為無論我再怎麼小心，如果妳們自己太過疏忽，那我也護不了妳們。」

與理賣用七歲少女所能做出最嚴肅的表情點頭，表示答應。有間站直身子，輕輕拍了拍她的小腦袋。

「妳知道了嗎？」

「知道了。」

「好，那真是幫了我一個大忙。」

有間望向北方海面，帶著浪花的海風吹拂在臉上。

成群的鰊依然貼在船邊，躲在船影下跟著向北游。鰊雖是小魚，卻不能小看牠們，就算巨魚一口就能吞下一整群的鰊，牠們畢竟是貪婪的肉食魚，若是不小心從船緣跌入魚群中，轉眼間就會被啃食得皮開肉綻，不快點救起來甚至會出人命，就算立刻被救起來，往往也已經缺了耳朵或一兩顆眼珠。

龍之原或許是因為有龍棲息，不曾聽過有野獸吃人的事。但八洲就不一樣了，無論是海中、山上，或是原野，都有需要警戒的野獸或蟲子與人比鄰而居。

（我不需要讓這孩子過度恐懼，但我一定要讓她知道八洲和龍之原是不一樣的。）

有間沒興趣保護一個只會坐著不動的木偶。

他要教導與理賣關於八洲的知識，讓她學會自己保護自己。她現在還小，所以有間會保護她，但他遲早要教會她怎麼保護自己。有間認為這樣才是真正保護一個人的方法。

「因為我答應過皇尊，我會保護妳們。」

召喚出龍的美麗皇尊在有間臨走之前說過，等他當上國主，請他再去龍之原一趟，和她一起喝酒。

（我一定會再去龍之原的。）

到時他會帶著反封洲自豪的凍酒一起去。那是烈到可以燒起來的烈酒。

二

「前面的船，舉起槳！停下來！」

載著米和鹽的商船才剛進入北門津的海灣，南端海角就冒出一縷煙。這是表示要找的船已經進入灣內的信號。在突堤待命的七艘獨木舟一起出動，船頭劃開海面，拖著白色的航行軌跡加快速度，包圍了正要進港的商船。

一隻黑鳶在海灣上方高空劃出一個大弧，展開的羽翼沐浴在反封洲夏天微弱的陽光下滑翔，影子落在平靜的海面上。

最快的一艘獨木舟靠向船舷。

「停下來！再不停的話，我就要射箭了！」

靠在船邊那艘獨木舟的指揮官一聲令下，商船抬起船槳，停了下來。

七艘獨木舟划到船邊，把鉤繩拋到商船的甲板上，慢慢拉近，等到獨木舟緊貼船舷，士兵就陸陸續續地跳上來。

船夫們不知道發生了什麼事，全都嚇得不敢動。

這些人是從港內出來的，態度又如此高傲，可見他們不是海盜，而是管理北門津的北郡郡主的軍隊。船夫們都很清楚，絕對不能反抗他們。

「我知道伴有間在這艘船上。把他交出來。」

最後爬上甲板的魁梧年輕人走到船夫面前吼道。他看起來只有二十五、六歲，卻比其他人都壯碩，肩上肌肉像瘤一樣突出，渾身散發著魄力。他掛在腰間的毛皮墜飾是罕見的銀白色獸毛，想必十分昂貴，太刀的刀柄嵌著紅玉，透露著物主的身分極為高貴。

畏縮的船夫們背後走出一個矮胖的男人，他堆起滿面笑容，說著「歡迎歡迎」。

「這位是南郡郡主敬谷大人吧？我是在逆封洲做買賣的東二，這艘是我的船，不知道有什麼不周到的地方？我有允許進港的三年許可證喔。」

被稱為敬谷的男人挺起皮盔甲下的胸膛，怒吼道：

「我不是來盤查你的證件，而是來找伴有間的。他在你的船上吧？」

「伴有間大人？那不是反封洲國主的長子嗎？我的船上沒有身分那麼高貴的人，這只是一艘商船。」

「少騙人了，我已經收到通報，說有間一行七人在逆封洲的渡口上了這艘船。」

「喔喔，七人啊！」

東二大聲說道，拍了一下手。

「就是白髮壯漢帶頭的那群人啊。原來那個人是有間大人？」

「沒錯，他在哪裡？」

「上上次靠岸的時候，他在葦封洲的渡口下船了。」

「啊？為什麼！」

「我也不知道啊。我們本來說好要載他們到北門津，所以他們在上上個渡口突然說要下船，我也非常驚訝。而且他們還說要回去逆封洲，大概是有事要處理吧，所以我就幫他們介紹了開往南方的商船。」

敬谷表情扭曲地沉吟。

「到底是怎麼回事？他要返回逆封洲？」

東二戰戰兢兢地說：

「白髮的那位……可能是有間大人的那位，和其他同伴好像有一些爭執。他們在爭論要不要回龍之原。」

「回龍之原？」

「我是這麼聽到的。」

敬谷轉開了臉，「唔唔」地沉吟。

「敬谷。」

最後才慢慢划來的獨木舟傳來一聲平靜的呼喊。聽到那沉穩又清澈的聲音，敬谷和東二同時轉頭望向船舷。

那位體型纖長、五官端正的男人仰望著他們，掛在他腰間的毛皮墜飾和敬谷一樣是亮麗的銀白色，繡了層層海浪的絲綢大衣褪下了上半身，細長的銳利眼睛從獨木舟上冷冷地注視著兩人。那是如同要穿透人心，不容許對方轉移視線的傲慢眼神。

東二訝異地叫道：

「北郡郡主伴透谷大人！」

東二跪在甲板上，低下頭去，其他船夫們也急忙跟著下跪低頭。

這位就是統治著擁有反封洲最大港口北門津的北郡、國主伴屋人的次男透谷。

無須贅言，八洲因為氣候及地理條件不同，各有各的特色，治理國家的國主被期待具有的特質自然也不同，因此每個國家的國主都傳承著各自的特色。

反封洲的國主自古以來多半是武將，只有剛強又堅韌、有能力搶到度過嚴冬所需的物資，還能帶兵打仗震懾鄰國的國主才能得到人民的景仰。當然，國主之子也得是武勇之人。

透谷身材纖瘦，看起來好像很柔弱。

不過他在隨著海浪不斷搖晃的獨木舟上依然站得四平八穩，能在這種地方保持平衡，足見他是個訓練有素的武人。他的腰上配著一把特別寬的太刀，那可不是用來裝裝樣子的。即使他體型纖細，體力和臂力還是強壯到能使用這麼重的刀。

「敬谷，有間呢？」

「聽說他在葦封洲的渡口下船了，準備回龍之原。」

透谷英挺的眉頭皺了起來，手肘靠在寬幅太刀的刀柄上，露出思索的表情。

「龍之原？我聽說皇尊駕崩了，新的皇尊是個女人。」

「女的皇尊？我從沒聽過這種事。」

「我也是，我聽到時只覺得不敢相信。如果這是真的，說不定一切現狀都會改變。依照有間的性格，他很可能會利用這種改變，他可不是會默默旁觀新皇尊即位的那種人。」

「那要怎麼辦呢，兄君？」

透谷沉默片刻，答道：

「不管有間要去龍之原做什麼，不管他在想什麼，我們只要耐心地等在這裡，就沒什麼好擔心的。我們只要等下去，就能達到目的。」

透谷望向低著頭的東二。

「你是逆封洲的商人東二吧？把頭抬起來。」

「承蒙透谷大人記得我的名字，真是太榮幸了。」

面對著眼睛閃閃發亮的東二，透谷露出了微笑。

「你在逆封洲和反封洲之間行商超過十年了吧，那你的人脈應該很廣囉？如果你聽說疑似伴有間的人要搭船，可以立刻來通知我嗎？只要你能幫上我的忙，我就把你的三年許可證換成六年許可證。」

「六年許可證！」

東二睜大眼睛，立刻低下頭說：

「真是太感謝您了。如果我聽到了相關的消息……不！我也會請其他商人朋友幫忙注意，只要發現疑似有間大人的人在找船就立刻告訴我！」

「那就有勞你了。」

透谷對敬谷下令「收兵吧」，命自己那艘獨木舟划回港口。敬谷行著禮目送兄長離去，又從海灣掃視外海一圈。

「如同兄君所說，只能等下去了。」

「敬谷大人。」

東二跪在地上喊道。

「我們可以在北門津卸貨嗎？」

「喔，隨便你。」

敬谷大剌剌地說完，就叫屬下收兵，轉身離去。東二朝他的背影深深鞠躬，商人的眼中映出被海水洗刷過的甲板的筆直木紋，同時露出了精明銳利的光芒。

□ □ □

頭頂傳來清脆的蟬鳴聲。

聽說在南方國家會有人覺得蟬鳴聲很煩，大概是品種不同，南方的蟬叫起來很吵。

北方的蟬鳴像清泉流水一樣清冽，聽起來很舒服。反封洲的人民都把蟬鳴稱為涼鳴，意思是讚美蟬的鳴叫聲風雅宜人。

「真沒想到這是蟬鳴聲。是吧，小姐？」

大路興高采烈地對年幼的主人說道。照顧與理賣的大路是第一次離開龍之原，她容易暈船，還經常被蟲子或其他生物嚇得大呼小叫，但她倒是很喜歡蟬鳴。

有間一行人騎著五匹馬，走進筆挺高聳的樹林。

與理賣和有間共乘一匹馬，大路也和有間的屬下共乘。因為有兩匹馬載了兩個人，為了不讓馬兒太累，所以他們刻意放慢了腳步。

放眼周圍，能看見的都是樹幹。坐在馬背上看不到枝葉，只能看見層層疊疊的樹幹，但是灑在地上小草的點點陽光一直搖曳不定。

把頭抬高到脖子發疼，就會看見遙遠上方那一片茂密的枝葉，陽光都被遮住了。

下層幾乎沒有樹枝，這是因為冬天樹林裡的積雪比人還高。這種為了適應冬天大雪而沒有下枝、長得又高又直的針葉樹在反封洲很常見，名叫雪檜葉。

「多麼優雅的鳴聲啊。小姐也是這麼想的吧？」

大路瞇起眼睛，沉浸在風雅的氣氛中，但與理賣只是冷淡地回答一聲「嗯」。看來這位小姐無法體會大路感受到的風雅。

（我也不覺得蟬哪裡風雅了。）

有間也聽到了蟬鳴，卻沒有特別的感觸。他待在地穴的十年間，蟬就只是夏天的食物，會對這種糟糕食物感到風雅才奇怪。

有間把與理賣護在雙臂之間，和她共乘一匹馬。每走一步，他腰間的黑色毛皮墜飾就會隨之晃動。

「兄君，我們為什麼要換船啊？」

與理賣回頭仰望著有間問道。

「因為我的弟弟可能會開心地跑來迎接，所以我得小心提防。」

「提防？」

「我可不想讓他迎接。小心，箭要掉了。」

與理賣聽到有間的提醒，急忙握好手中的小小弓箭。那是有間在路上用樹枝和藤蔓幫她做的玩具，既輕盈又柔軟，小孩子也能輕易拉開，雖然威力不大，但至少能射下小鳥。

和有間並轡前行的年長屬下露出嚴肅的表情。

「少主，透谷大人會使出如此激進的手段嗎？若是如此，事態就嚴重了。」

「嚴不嚴重我不知道，我只是想避開可能的危險。」

「什麼可能的危險？我沒聽說過。」

這是有間帶去龍之原的屬下之中最年輕的一位，他也策馬走近，興致盎然地問道。

「我沒說過嗎？」
「是啊，少主只是突然說要換船。」
「抱歉，除了你之外的三人都是跟隨我多年的老人，老人雖然動作遲鈍，但目光很犀利，我以為大家都知道，所以才沒有解釋。」
一旁的年長屬下苦笑著說「說我們遲鈍還真傷人」。年輕屬下探出上身問道：
「少主說的可能的危險是指什麼呢？我還沒老到能猜出少主的想法，請告訴我。」
「覺得我礙眼的人可能會在我即將踏上反封洲的土地時殺了我，這樣他們就可以說我是在回國的途中死於意外，只要把我的屍骸丟到海裡，就能輕鬆地處理掉。不，留著屍骸或許更好，他們可以把我淹死在海中再打撈起來，做為我意外溺死的證據。這樣就不會留下後患，也不會激怒想要推舉我當下一任國主的大臣了。」
有間滿不在乎地談論著殺死自己的方法。
「他們應該也想過派刺客去逆封洲，但這樣可能會在其他國家的領地引起騷動。反封洲和逆封洲的海路往來很密切，他們鐵定不想惹那邊的國主不高興。照這樣看來，在我即將到達北門津時下手最合適。」
「太卑鄙了，到底有誰會做出這麼卑鄙的事？」

「如果我是他們，我就會這樣做。」

有間爽快地說道，年輕屬下一臉無奈地說「少主真是惡毒哪」，有間哈哈大笑，回答「你說得沒錯」。

有間不覺得透谷特別暴虐或冷酷，只不過任何人面對想要剷除的對象都會變得惡毒，包括有間自己在內。

既然對方惡毒，那他也得思索謀略來應對。他不想跟對方正面交戰，要是採取那種應對方式，他就是在自取滅亡。

他原本預定要去的北門津是伴透谷統治的北郡之郡家（註2），而且他被派去龍之原很可能就是透谷和屋人的計謀，既然如此，他理應避開那個傢伙掌管的港口。

有間一行人在鄰國葦封洲的渡口下了船，接著又告訴從逆封洲載他們過來的商人東二「我們要回去逆封洲」，請他幫忙介紹其他商船。東二找到了能載他們回去的船，也和船主談好了，但是有間他們並沒有搭上那艘船。

目送東二的船出航之後，他們就沿著海岸步行，在附近的漁村僱了兩艘小漁

註2　郡的最高行政中心。

船，從北門津的北邊繞過去，最後抵達南奧郡的海灘。

接著他們找來馬匹，由陸路前往有間治理的北奧郡的城柵——奧瀨柵。（註3）

東二長年在北門津裝貨卸貨，在當地應該很有信譽，如果他說有間一行人返回逆封洲了，別人都會相信，透谷也一定會收到有間尚未回國的消息。

至於能不能騙過東二，有間只有五成把握，但他還是為這五成把握做足了準備。

「兄君不喜歡有人來迎接嗎？真奇怪。換成是我一定會很開心。」

與理賣彈著弓弦，疑惑地歪頭。

「是啊，我確實很奇怪，連頭髮的顏色都很怪。真抱歉，我是個這麼奇怪的兄長。」

「兄君的頭髮才不奇怪呢，很漂亮。」

看到與理賣一臉嚴肅地反駁，有間不禁苦笑。

「是嗎，很漂亮嗎……真是令人開心哪，謝謝妳。」

就在此時。

註3　柵即是寨，意為柵欄、軍營、村莊。

直視著前方的有間發現他們即將經過的高處樹枝上潛伏著一個焦褐色的身影。他對緊跟在一旁的年輕屬下低聲叫著「喂」，使了個眼色。

「放箭。」

「啊？」

年輕屬下沿著有間的視線望去，一看到那條身影就驚得渾身僵硬，他隨即拿起掛在鞍上的弓和箭，放開韁繩，在緩慢行走的馬上張弓搭箭。其他人也注意到了，稍微放慢速度。

箭矢嗖的一聲破空射出，樹林裡迴盪著類似人的慘叫聲。一大塊焦褐色的毛茸茸東西掉到有間馬前幾十步之處。

與理賣小聲地驚叫，攀住有間的手臂。大路也尖叫了一聲，驚恐地問著共乘的人「那是什麼東西？」。

有間策馬走近那團插著箭矢的毛茸茸東西，回答大路說：

「這是骨喰。不用怕，牠已經死了。」

「骨喰？」

大路猛眨著皺紋環繞的眼睛，顫聲問道。與理賣探出上身，盯著躺在馬的腳邊、鼻子還在抽搐的野獸。

「看起來像很大的猴子。」

野獸半張的嘴巴露出了沾滿唾液的黃色粗大獠牙。

「是猴子沒錯，但這種猿猴特別殘暴，會攻擊生物，吃他們的肉。牠經常躲在高處的樹枝上，看到有生物經過就會跳下來咬住他們的腦殼。骨喰的下顎和牙齒很有力，一口就能咬碎人的頭骨。」

大路臉色煞白，像是在說「我們竟然來到這麼可怕的地方」，而與理賣只是厭惡地皺起臉孔。

「兄君，反封洲有很多這種生物嗎？昨天晚上也是，燈火照不到的地方有東西在動，好幾個人跑去把牠解決掉了，對吧？」

他們從下船至今已經露宿三天，前兩晚都平安無事，但昨晚似乎選錯地點，遇見了蜘蛛。

那並不是普通的蜘蛛，而是長滿毛的大蜘蛛，和與理賣差不多大，會用強壯的下顎咬住小孩或小型家畜，拖回岩石底下的巢穴，吸食體液，殺死獵物。牠雖怕火不敢靠近，卻又不肯罷休，一直在附近徘徊，他們為了謹慎起見還是殺掉了蜘蛛。

大路因為旅途疲憊而睡得很熟，但是被她抱在懷中的與理賣注意到了有間他們的動靜。

「龍之原沒有像骨喰一樣的猿猴嗎？」

「沒有，我連聽都沒聽過。」

「或許是因為那個國家有龍——有神的眷屬，所以邪惡的生物都怕得逃出龍之原了。不過妳不用擔心，今晚不用再露宿，我們就快到達目的地了。」

「就是兄君說的那個奧瀨柵嗎？」

「是啊。」

一行人又繼續騎馬前行。

「我不是真的討厭被人迎接，而是要看迎接我的人是誰。我們現在要去的奧瀨柵是我的住所，一想到快回到那裡了，我就覺得安心，如果那裡的人來迎接我，我會很開心。」

「那一定是很好的宅邸吧？」

「或許不像妳所熟悉的龍之原的宅邸，不過今後那裡就是妳的住所。所謂的柵，是指有很多人居住、工作、處理政務的地方，打仗的時候還能做為防衛的堡壘。希望妳會喜歡。妳看，從這裡就看得見了。」

走出雪檜葉樹林，視野頓時開朗。

眼前出現一片寬闊的窪地。

平緩丘陵環繞的平地遍布著翠綠的農田，最遠端的北邊有一些建築物，外面圍繞著大門和土牆。

農田都是麥田，種的是雙夏麥，這種麥子既耐旱又耐寒，結實率也很高。

冬天連溼氣都會凍結，所以空氣很乾燥，夏天稍微好一點，但雨水還是不多，所以種雙夏麥最合適，這種作物不用太多水分也能生長，極耐乾旱。雙夏麥為了在乾燥的環境生存下去，會自行製造油脂，儲存在莖部，避免僅有的少許水分蒸發。

風吹過平坦的土地，把雙夏麥的一片青綠吹出了波紋，看起來像是有一條隱形的巨龍掠過麥田。或許是因為他在龍之原近距離感受過龍的威嚴，才會這麼想吧。

麥田的對面是兩層樓的南門，還有沿著南門往東西兩邊延伸的土牆。窪地北邊的建築就是有間治理的奧三郡的郡家——奧瀨柵。

今天的天氣很晴朗，但反封洲的夏季天空顏色很淺。

有間還沒感受到即將到家的安心，就先察覺到了異狀。

佇立在淺藍色天空下的奧瀨柵非常安靜。

（怎麼沒看見人？）

平時門上應該有士兵看守，城柵周圍也會有很多雜役走來走去，如今卻連一個人都看不見。有間本來以為是自己想太多，但靠近之後又發現更多異狀。

白天一定會開啟的柵門此時緊緊關閉，門前還擋著一條繩子，上面掛滿雪檜葉的葉子。這是喪葬的標誌，一般都是掛在喪家的門前。奧瀨柵掛出這東西，代表城柵發生了重大的不幸。

有間感到一陣不祥的惡寒，指尖彷彿都變得冰冷。

他不自覺地放慢速度，屬下策馬靠近，臉色僵硬地說：

「少主，這是怎麼回事？城柵服喪代表著國主的親族過世，或是死了很多人民……這裡的國主親族只有四少主壹岐大人，或是美矢比大人？再不然就是因為流行病而死了很多人……」

「快去看看。」

說完他用力踢向馬腹。

（是壹岐？還是美矢比？他們發生什麼事了？）

在有間的親屬之中，會和他親近的只有兩個人。
一個是最小的異母弟弟，國主的四男壹岐。
另一個則是美矢比，有間他們的表妹。
有間當然擔心他們兩人，但他的心中還有著更大的擔憂。
（不，還有更嚴重的情況。如果是流行病就糟糕了。）
聽到屬下提到「流行病」一詞，有間頓時心焦如焚。
交由有間管轄的奧三郡包括北奧、中奧、南奧三個郡，三者合稱為奧三郡。
這是反封洲雪量最多、最貧困，也最寒冷的地方。
此外，和反封洲關係惡劣的叛封洲和奧三郡相鄰，所以兩國每次發生糾紛，最先遭到蹂躪的都是此地。
本地人民長久以來飽受飢餓和寒冷的折磨，每天都要擔心頻繁出現的野獸和隨時可能爆發的戰爭，因為世世代代都是這麼過的，所以他們只知道這種生活。有間很憐憫這些人，接管奧三郡以來，他一直致力於各種建設，設法讓人民不會再挨餓受凍，不用每天過得提心吊膽。
他最先做的是挑選耐寒的穀物，大量購入，教導人民種植，而他看中的就是雙夏麥。這項措施直到最近兩年才開始出現成果，糧食比往年更加充足。只要有了食物，其他事情都會更順利。

這片土地今後一定會越來越有活力……他原本是這樣想的。

（如果發生流行病，此地就會毀於一旦。如果真的發生了這種事，我要怎麼做才能力挽狂瀾呢？面對這種災難，人的管理和努力根本毫無用處……）

有間想起了在龍之原看見的龍群。當時他大受震撼，明白人絕對不可能掌控那種生物，而他此時也感到了類似的畏懼。無論是龍或流行病，都不是人類能輕易對付或駕馭的。

道路兩旁的雙夏麥隨風擺動著葉子和細細的莖。吹在臉上的風帶著夏天的溫暖，偶爾還是摻雜了一絲冷冽的空氣。

即使是夏天，奧三郡有一半面積的地底仍是凍結的，地表的泥土摸起來也很冰涼。就是這些地方的冷空氣混入風中，在夏天帶來了出人意料的寒冷。

眾人隨著有間加快步伐，很快到達了南門前。門扉緊閉，象徵喪事的雪檜葉的葉子散發著清新的味道。

「開門！」

有間在馬上大喊。

「伴有間回來了！快開門！」

三

南門二樓有一位士兵緩緩地走出來，無精打采地往下看，一看到有間就發出一聲怪叫，立刻又縮了回去。

「竟敢如此無禮！有間大人回來了！快開門！」

年輕屬下騎馬跑到前方，大聲怒吼，門後隨即傳出一陣騷動。裡面發出一些驚慌的叫聲，過了片刻，門扉緩緩開啟。

在三人合力之下，好不容易才打開一邊的門扉，一位青年從門縫中衝出來。

「兄君！你真的是兄君吧！」

「壹岐？」

跑過來的青年正是伴壹岐，有間的手足之中唯一敬愛他的異母弟弟。

壹岐的身軀像柳枝一樣柔和，動作靈巧，個性也很開朗隨和。他不喜歡僵硬死板的事物，總是笑容滿面地找尋愉快和有趣的事。不過有間一見到他的臉就愣住了，壹岐滿臉通紅，而且哭到五官揪成一團。有間還沒問他怎麼了，他就先喊道：

「兄君，你還活著嗎！」

「什麼？」

他明明親眼見到有間，卻問了這種奇怪的問題。

有間一臉困惑地策馬靠近壹岐，壹岐卻摸了摸他的腳，像是在確認觸感，喃喃說道「喔喔，真的有身體耶」，接著突然軟癱在地，抬頭看著他。

「歡迎回家，兄君。你活著回來了……你真的是兄君吧？」

壹岐淚流滿面，聲音顫抖。他這副誇張的模樣讓有間不禁皺起眉頭。

「你這怪模怪樣的，是在跟我開玩笑嗎？」

壹岐有時確實會鬧到失去分寸，但他一聽見這話就挺起身子，氣到橫眉豎目地說：

「你說什麼啊！我們都悲痛成這樣了！」

「悲痛？為什麼悲痛？」

「我們聽說兄君亡故了，正在服喪啊！所以剛剛聽到兄君回來了，我們都不敢相信。如今親眼見到兄君，我是多麼地……」
說到這裡，壹岐情緒激動地咬住了嘴唇。
有間理解了他不是在開玩笑，轉頭和四位屬下互看了一眼，接著又望向壹岐，問道：
「你們聽說我死了？所以南門的示喪是為我而掛的？是這樣嗎？」
「我們大約在十天前收到了有間兄君在回國途中死於海難的消息。我們雖然不敢相信，但又覺得父國主不可能發出這種假消息……」
壹岐用袖子擦擦眼角，但他一說「你沒事真是太好了」，淚水又掉了下來。
（沒有發生流行病，壹岐和美矢比也沒有遭遇不測。）
束縛著全身的緊張感頓時消散一空，有間長吁一口氣，又看了看為自己而掛出的示喪。
（還好不是流行病，不過這個……）
看到被打開的門扉扯斷而無力垂下的繩子，還有掛在上面的鮮綠雪檜葉，有間不禁感到好笑。與其看著人民因流行病而陸續死去，光是自己一人出事反而值得慶幸。

「父國主他們大概是誤會了吧。原來死的是我啊，害我嚇了一跳。」

「沒事的，兄君還活著。」

與理賣轉過頭來，神情肅穆地向有間保證。

「有間大人回來了！」

「是少主！少主回來了！」

「快準備熱水！布也一起拿來！」

「隨行人們的洗腳水也要送去那邊！」

「晚餐呢？」

「還要幫少主帶回來的孩子準備床！」

奧瀨柵如同起死回生，瞬間充滿了活力，所有人都興高采烈地東奔西跑、到處張羅。

有間愉悅地聽著這些吵鬧的聲音，洗去了旅途的塵土。走向外郭正殿時，他遇見了掌管廚房的伙夫，那人低頭讓路，一邊低聲說道「今晚有溪魚生魚片喔」，他經過時也回答「真叫人期待」。

（終於回到家了。）

有間的心中洋溢著安心和喜悅。雖然他踏上本國的土地時毫無感觸，但是一回到城柵就有回到家的感覺。

他在十一年前被封為奧三郡的郡主，來到了奧瀨柵，當時城柵周圍只有一片荒蕪，還有成群的山犬四處遊蕩找尋屍肉，因為在戰爭中受傷的士兵被送回來之後若是死了，只會挖個淺坑隨便埋了。

城柵周圍瀰漫著可怕的臭氣。

建築任由荒廢，沒人試著去修補。土牆崩塌，南門歪斜無法密合，人民的臉上都死氣沉沉的。

屋人把奧三郡交給有間，其實是要把他丟到絕望的邊緣地帶。

不過有間見識過更加絕望、絕望到無法擺脫、絕望到令人發瘋的地方，和那地方相比，奧三郡簡直就是充滿希望的所在。

這裡有很多人，有開闊的土地，有河，有山，有樹林，有生物，這樣就夠了，這樣就過得下去了。即使土地凍結，即使到了冬天一切都會埋在深深的雪中，至少這裡不是那個地穴。

只要發揮智慧，施展力氣，勤奮不懈地努力下去，一定會有所改變。

——只要肯下工夫，情況一定會變好。就算在地穴，也有辦法生存下去。

有間依然牢牢記著在地穴時經常陪伴他身邊、雖然身上臭味難當、眼神卻格外清澈的老人說過的話。他們相處了很長的時間，但老人直到最後都沒把名字告訴他，倒是教了他不少知識。如今回想起來，以老人的遣詞用句來看，他說不定是個有名的學者。

人就算在地穴也有辦法生存下去，所以這片土地一定也能生活，而且可以活得比地穴好上幾萬倍。

有間一直秉持著這個信念，致力於建設奧三郡。

「抱歉，讓你們久等了。」

寬敞的正殿裡已經坐了三個人，他們看見有間走進來，就輕輕鞠躬行禮，隨即抬起頭來。有間吩咐過他們，對他行禮不需要太隆重。

這三個人之中包括了壹岐。

壹岐的職位是郡介，在郡家的權力僅次於有間，雖然他年僅二十四歲，但他可是國主之子。壹岐既然是國主之子，應該要像兄長們一樣被任命為郡主，但他只被任命為郡介，這是因為他的生母身分低賤，所以屋人很看不起他。

另一位是又瘦又黑、形容枯槁的老人，他的職位是郡掾。最後一人是體型福泰的中年男人，他的職位是郡目。

這三個人是郡家的政要，有間不在的時候，由他們三人全權處理奧三郡的事務。

「好，來把事情問個清楚吧。聽說我死了？這是怎麼回事？」

房間底端豎立著樸素的棉布隔簾，前方擺著蒲團和憑几，這就是郡主的座位。屬下都抱怨這樣太寒傖，但有間不肯讓步，堅持保持原樣。他在那裡坐下，問他們「把座位裝飾得富麗堂皇有什麼意義？」。

郡掾和郡目同時望向壹岐，像是在徵求他的意見。

雖然壹岐很年輕，但他這個郡介當得很稱職，所以郡掾和郡目都很敬重他。

壹岐探出上身說：

「兄君，我要再一次恭喜你平安歸來。」

他的淚痕已經洗淨，恢復了平日的神態，先前因重逢的喜悅而失控的表情也依照他政務官的身分而收斂了。

「十天前，御前眾派人來通知，說兄君遇上海難而身亡。聽說是進出北門津的船隻通報的，透谷兄君把消息呈交給父國主，父國主再正式告知御前眾。」

御前眾是有權陪國主商議國事的老家臣，由前任國主任命，現任國主無權解職，他們會向國主提供建議或諫言，這是為了防止國家被帶往錯誤方向的重要任務。

御前眾沒有固定的人數，但最少要有一人。

目前有三位御前眾。

他們處理政務的資歷豐富，又有聲望，發言也極具影響力，而且現任國主不能將他們解職；對於想要一意孤行的國主來說，這是一群非常棘手的老人。

不斷勸國主從地穴裡救出有間的人也是御前眾之一，名叫佐佐九野。從屋人的妥協就能看出御前眾和國主之間的關係了。

如果國主不喜歡御前眾的建議，就算不遵從，也不能完全不理會。

「御前眾？父國主為了宣布我的死訊還特地召集了御前眾？」

「不，是御前眾建議父國主舉行合議，因為兄君去了龍之原後，父國主的病情突然加重，雖然暫時控制住了，但不知道什麼時候會再惡化，御前眾非常憂心，所以建議父國主趁著病情好轉的時候趕緊舉行合議，正式指定國嗣人選。有間兄君亡故的消息就是父國主在這場合議之中宣布的。」

「然後呢？」

「合議很快就結束了。因為有間兄君不在了，所以由透谷兄君擔任國嗣。透谷兄君已經被正式冊立為國嗣了。」

壹岐不甘心地扭曲了臉孔。

「真遺憾，透谷兄君被正式冊立為國嗣真是太遺憾了。有間兄君為什麼會被誤傳遇難呢……」

「壹岐，那不是誤傳。」

壹岐露出愕然的表情，有間笑著說：

「父國主很有可能和透谷合謀，打算把我殺掉。」

壹岐、郡掾和郡目都是一副欲言又止的模樣，或許是不敢置信，但又不知該說什麼，只能半張著嘴巴愣在原地。

有間把手肘靠在憑几上，單膝豎起，改變了坐姿。

「父國主本來應該是想等到殺死我之後再公布消息的，但御前眾要求舉行合議，一定讓他很不開心吧。」

有間是國主的長子，在地穴生存十年也證明了他夠堅韌又夠幸運，御前眾都很欣賞他，常常有意無意地提到他們期待有間成為下一任國主，所以在國府參與政事的大臣也傾向支持有間。

有間明明被父國主厭惡，卻連其他國家都知道他被視為下任國主，也是因為這樣。

可想而知，御前眾在合議上一定會推舉有間為國嗣。

「在合議上先選我為國嗣也無所謂，只要殺了我之後再改立透谷為國嗣就好了。」

有間低下頭，強忍著笑意。

「父國主恐怕連這樣都無法接受吧，他相信我必死無疑，所以直接宣布了我的死訊。他連暫時讓我當國嗣都無法忍受嗎？我早就知道他討厭我，沒想到討厭到這種地步。」

「國主怎麼可能殺死親生的孩子？這一定是有什麼誤會。」

郡掾呻吟似地說道，有間面帶笑容地望向郡家的三位政要。

「不然父國主為什麼要宣布我的死訊？」

「或許只是聽到了錯誤消息，國主並不知道實情。」

郡目說得不太肯定，像是已經知道事實，卻仍在自欺欺人。有間嗤笑道：

「父國主又不是笨蛋，聽到可能會被立為國嗣的長子死了這麼嚴重的消息，他怎麼可能不先確認就立刻相信？他一定是確信我會死，才敢那樣宣布。」

郡掾和郡目同時轉開目光，彷彿無法直視有間。他們一定不知道該對被自己的父親厭惡、甚至設計殺害的人說些什麼吧。

不過有間並沒有他們想得那麼感傷。他不可能感傷的。國主屋人雖是他的父親，但也是他遲早要狠狠報復的對象。

「怎麼了，兄君？」

壹岐握緊放在腿上的雙手，挑起眉毛問道。

「這有什麼好笑的？父國主可是想要你的命耶。」

壹岐的眼神充滿了直率的怒火，讓人覺得很可靠。

有間是被屋人忌憚，壹岐則是被屋人瞧不起。

他是屋人侵犯了從鄰國抓回來當女丁的俘虜而生下的孩子。屋人總是嘲笑因自己一時興起而生的孩子說「俘虜的孩子不也是俘虜嗎？」，有時甚至會開玩笑地叫壹岐「俘虜」。

這種時候壹岐都會靠著與生俱來的機伶和自制力，面帶笑容地應付過去。

壹岐深知屋人的薄情寡恩，大概是有間的際遇讓他感到同病相憐吧，他從一開始就對有間很熱情。在所有的異母弟弟之中，有間只把壹岐當成親手足。

此時這位弟弟正在問他該怎麼辦。

「看來時候到了。」

他微微地笑了。

既然屋人和透谷已經做出實際行動來謀害他，那他就得努力存活下來，當上國主。如此一來，包括壹岐在內的奧瀨柵所有人都會被拖下水，但他顧不得那麼多了。

「早在我奉命出使龍之原時，陰謀就開始運作了。我也該下定決心了。」

他要成為國主。

這是有間被救出地穴、在接觸到外面空氣的那一瞬間點燃的決心。

在地穴待了十年的憤恨和絕望都在熊熊燃燒，有間並沒有感受到得救的喜悅，只有這個強烈的念頭燒灼著他的心。

那個地穴可沒有輕鬆愉快到讓人被救出時只會感到開心。

「我要坐上國主之位，所以奧瀨柵的人也得拿出決心。不過，即使柵裡的人不支持我，我也要一個人繼續為這個目標奮戰。」

聽到決心一詞，壹岐、郡掾和郡目都繃緊背脊。他們猜到了有間打算對國主做什麼。

反叛嗎……壹岐倒吸了一口氣，但他隨即回答：

「我會跟隨有間兄君。」

「你真的決定了嗎，壹岐？這或許不是聰明的選擇喔。」

「我不知道這樣聰不聰明，我只知道，與其看著父國主和其他兄君，我更想一直看著有間兄君。」

「就算我有一副被稱為白邪的怪異模樣？」

有間摸了摸自己的白髮，壹岐笑著回答：

「兄君可是個美男子呢。」

有間一聽就笑了，壹岐很高興能把兄長逗笑，也露出了滿足的表情。

「雖然不是為了這個原因，總之我會跟隨兄君。」

郡掾和郡目也直視著有間的眼睛說「我也是」。

（我們能存活下來嗎？）

決定命運的關鍵，在於身邊有多少能信賴的人。有間在地穴裡早已深深體會到這一點。

就算是個勇猛的人，若是被守護他睡覺的人背叛還是會輕易地喪命。有些強者不相信任何人，只敢時不時打個盹，但他總有一天會抵抗不了睡魔，在熟睡中被殺死。

無論再怎麼強悍，一個人的力量還是有限的。想要活下去，一定要有能信賴的夥伴。

那有間有多少人可以信賴呢？

他默默計算自己當上奧三郡的郡主以來在這裡培養的一切，同時看著眼前的三人。

不只是這三人，他的屬下也可以信賴。有間如此判斷。

這是他自己的判斷，責任不在其他人身上。就算有人背叛他，也是因為他自己判斷錯誤。責任全在做出判斷的自己身上。

有間重新意識到了這一點。

「我要謝謝你們。」

他對三人點頭致意。

「好，我要去大蓋城，越快越好，明天天亮以前就要騎馬上路。如果帶上換乘的馬，三天就能趕到。」

大蓋城是國主的城池，屋人的住所。聽到有間說要去那裡，壹岐、郡掾和郡目都驚愕得直起上身。

「你在說什麼啊，有間大人！」

「竟然要去見想殺你的國主大人！」

「兄君，你是要自投羅網嗎！」

有間抬手制止他們的七嘴八舌。

「我又不是事先派人通知，悠哉悠哉地過去。」

「就算不先派人通知也一樣吧。」

「不一樣。」

有間把礙事的白髮從肩上撥到背後，靠著憑几，撐著臉頰。

「不先派人通知的差別可大了。我要突襲大蓋，但不是拿著太刀和弓箭殺進去。」

壹岐詢問「這是什麼意思？」，有間叫他稍安勿躁，接著說出了自己的打算。

三人默默地聽著，臉上表情越來越不安，但他們也沒有更好的方法。雖然三人提出很多擔憂，最後還是同意了。

郡家三位政要的眼中都寫滿了決心。

「壹岐，你也一起去吧。」

「是。」

壹岐回答時看起來生氣蓬勃，大概是想到今後的事，年輕的熱血沸騰了起來。

就在此時……

「小姐，不可以！」

敞開門外的漏縫廊臺傳來了老婦人的低聲斥責。

有間望向門外，看見一條小小的人影。天空的藍色很淺，相較之下建築物的顏色顯得很深。仔細一看，正殿裡也很昏暗，連門口那人的臉都看不清楚，但從身材和穿著還是看得出來那人是誰。

「是與理賣嗎？」

有間一喊，就有個不安的聲音叫著「兄君」。壹岐聽到那稚嫩的聲音稱有間為兄君，詫異地轉頭問道：

「兄君？剛才那孩子是這麼稱呼有間兄君的嗎？」

「是我要她這樣叫的。與理賣，過來。」

與理賣很在意大人們全都盯著她看，戰戰兢兢地走進來，蹲在有間的背後，把自己藏起來。她的左手緊緊抓著有間幫她做的玩具弓箭，像是把那東西當成護身符。

「我來介紹吧，這孩子叫與理賣。因為某些理由，龍之原的皇尊請我幫忙照顧她。」

郡掾一臉困惑地看著從後方抓住有間袖子的那隻小手。

「這孩子就是皇尊託付的遊子小姐嗎？那個……有間大人把她帶回來了啊？」

遊子幾乎都是在離開龍之原前就被解決掉了，偶爾會有奇怪的國主真的把遊子帶回國，不過反封洲從未發生過這種事。

「龍之原已經廢除了把遊子小姐賜給八洲的法令。這孩子雖是遊子，但皇尊把她交給我是出自其他的原因。」

「法令廢除了？」

郡目睜大了眼睛。

「是啊，過陣子應該就會收到龍之原的正式通知了。與理賣，這些是管理城柵的人，妳跟他們打聲招呼。我的弟弟也在其中。」

有間回頭說道，但與理賣只是搖搖頭，不肯出來，她大概是不習慣陌生的環境，所以不敢離開有間吧。大路在門外擔心地看著她。

有間不可能總是陪在與理賣身邊，為了安撫與理賣，他拍拍抓著他袖子的那隻小手，一邊思索有沒有人能幫忙，很快就想到了一個人選。

「壹岐，你去叫美矢比過來。美矢比一定比較了解要怎麼和小女孩相處。」

聽到兄長的吩咐，壹岐神情黯淡地搖頭說：

「美矢比不在這裡。」

「她去哪裡了？」

「大蓋城。」

有間拍著與理賣的手停了下來。

（美矢比去了大蓋？）

他盯著壹岐問道：

「為什麼？她何時去的？」

「收到有間兄君訃聞的隔天，她就去大蓋城了。她不相信有間兄君已經死了，說要直接去問國主大人，到現在都還沒回來，也沒有送回隻字片語。」

「美矢比是父國主疼愛的妹妹遺留下來的女兒，她在那裡不會受到虧待的。」

「不只是父國主，透谷兄君和敬谷兄君從小到大都得看美矢比的臉色。不過兩位兄君從小就想娶美矢比為妻，而且透谷兄君已經被正式冊立為國嗣……希望美矢比不會因此遇上麻煩。」

壹岐的視線盯著木質地板，表情像是承受著痛楚。

美矢比一開始很害怕從地穴裡被救出來的有間，根本不敢接近他。

過了兩年左右，她開始跟在有間身邊打轉，動不動就找他說話，有間覺得很奇怪，不知道她想做什麼。

到了十七歲，有間被任命為奧三郡郡主的消息公開的那一天，當時才十二歲的美矢比對他說：

——我喜歡你，有間。你知道吧？

抬高下巴、用挑釁眼神仰望著有間的少女有著雪白細緻的肌膚、雙眼皮的大眼睛。雖然她美得不像個孩子，但她說的話更令有間吃驚。他心想「這女孩是在說什麼夢話啊」。

又過了五年，壹岐被任命為奧三郡的郡介時，美矢比也跟著他一起來到奧瀨柵，自作主張地賴在有間身邊。

有間找不到理由趕她走，只好由她去。到現在已經六年，她早就在這裡住慣了。

有間要前往龍之原的時候，美矢比到柵門前送他，眼中滿是淚水。

——我已經下定決心，無論發生什麼事，我都不會離開你，所以我會一直在這裡等你。你回來以後，就娶我為妻吧。

她神情堅決地說出這句話。

一起出來送行的壹岐在美矢比身邊低下頭去。就像透谷和敬谷一樣，壹岐也一直愛慕著這位表妹，但是美矢比彷彿對壹岐的心意渾然不覺，竟當著他的面說出這番話。

有間沒有回答美矢比，而是鼓勵壹岐「這裡就拜託你了」，然後騎著馬朝東而去。

被迫離開奧三郡讓有間不滿又擔心，前往龍之原的路上不知道會遇上什麼情況，回國之後還不知道有什麼事在等著自己。要煩惱的事情太多，有間根本沒有心思去想美矢比的事。

「這樣啊，美矢比去了大蓋啊……」

聽到有間的喃喃自語，壹岐趁機要求：

「兄君，我們順便去找美矢比吧。」

有間默默點頭，然後轉頭看著與理賣。

「與理賣，我明天天亮以前要出門，大概六天就會回來，快一點的話只要五天，妳要乖乖待在這裡。」

「兄君也要丟下我嗎？」

與理賣緊緊握著玩具弓箭。那句簡短的「兄君也」透露了她幼小心靈的傷痛。有間曾經聽大路說過，與理賣的父母拋下她離開了。

（我會想要照顧與理賣，或許是因為我也被親人拋棄了吧。）

年幼的與理賣似乎還思念著拋棄她的家人，但有間並沒有這種心情，他對父親只有恨意。

但他還是有信賴的家人，只有壹岐值得他信賴。擁有一個值得信賴的家人已經很幸福了，總是好過沒有任何人可以信賴。

「大路會陪著妳，還有我的年輕屬下，和妳一起從龍之原回來的夥伴。他跟妳比較熟，我會把他安排到妳的身邊。」

「可是兄君還是要走吧？」

「我答應妳，六天以後一定會回來。相信我，我不會騙妳的。就是因為我不會騙人，皇尊才會把妳交給我。如果妳還是不相信我說的話，那就相信和龍成為朋友的皇尊吧，皇尊一定沒有違背過答應妳的事。」

與理賣一直沉默不語，過了一會兒才點頭，表示相信。

「能相信別人的才是強者。妳今後一定會越來越強悍的。」

有間站了起來，拉著與理賣沒有拿弓箭的右手，讓她也站起來。

他換了一副肅穆的表情，宣布：

「明天天亮以前出發，要先做好準備，盡快到達大蓋。我們要悄悄趕路，所以不能投宿，到大蓋之前的兩晚都要露宿，你可別忘了帶驅獸用的蠟藥喔，壹岐。」

壹岐故意裝出了苦瓜臉。

「像我如此細膩的人實在不適合露宿哪。不過我既然要跟隨像草繩一樣粗獷的兄君，這也是沒辦法的事。」

「胡說什麼，你去年夏天明明為了釣溪魚而露宿五天，柵裡的人都一直擔心你會被骨噲咬掉腦袋呢……不，是會被宮魚吞進肚子裡。」

聽到兄長反脣相譏，壹岐裝出縮頭縮腦的心虛模樣。每當他耍嘴皮子或胡鬧時，就代表他的心情很緊張。

跟有間一起去大蓋會引發的各種後果令他相當不安，同時又十分興奮和緊張。

「我和壹岐不在時，這裡就交給郡掾和郡目了。」

兩人果斷地回答「是！」。

有間帶著壹岐和三位屬下一起騎馬奔向大蓋城，他們騎的是最快的馬，隨從都是挑選身強力壯的年輕人。為了迅速行動，必須盡量減少人數。

雖然不會用到太刀長槍或弓箭，但這確實是突襲。

第二章　吾妻吾夫

一

日織赤腳踩在白杉地板上，正要安靜地下床時，卻被悠花抓住手腕。

「別走，我的丈夫。」

圍繞著床的絹布隔簾東側出現了微光。

現在是盛夏時節，殿舍在晚上仍然開著門，只用簾子來遮擋。敞開的東側門外的天空此時應該是深藍色，黎明即將到來。

日織天一亮就得沐浴淨身，進入龍道，祭拜乘載著央大地的地大神——地龍。

這是皇尊每天早上的工作。

但是跟她睡在一起的妻子悠花似乎覺得只剩自己一人在床上很寂寞。他在黑暗中吻了日織的手背。

「就算少去一天，地大神也不會生氣啦，我父皇臥病在床的時候也沒去祭拜啊。」

「那是無可奈何的情況，我怎能跟他相提並論呢？」

「如果妳走掉，我說不定會因寂寞而臥病在床喔。妳總不能眼睜睜地看著妻子生病吧？這也算是無可奈何的情況嘛。」

「你真是……」

日織本來想說「可愛」，卻又把話吞了回去。她實在不好意思稱讚悠花可愛。

日織的第一位妻子——已經離世的月白——是一位稚氣猶存的少女，她的樣貌、聲音、言行舉止都非常俏皮可愛，日織也常常當面說她可愛。

但她沒辦法對第二位妻子說出同樣的話，這大概是因為悠花不只是個楚楚可憐、需要別人保護的對象。

悠花雖是妻子，其實卻是個男人。

他有時確實可愛得令人莞爾，但日織也常常覺得他很可靠。

只有隨侍在日織身邊的空露和悠花的奶媽杣屋知道，悠花是所謂的禍皇子，能聽見原本只有女人聽得見的龍語。人們都很畏懼禍皇子，要是被發現就必死無疑，所以悠花從小就一直扮女裝，為了掩飾男兒身，他還得裝作不會說話、不能走路。

後來他成了日織的妻子。

如今日織公開了女性的身分，演變成「身為女的皇尊卻有妻子」的詭異狀態，但日織堅持保持現狀，依然和悠花維持著夫妻關係。

「你不會因寂寞而臥病在床的，因為我今晚還是會陪著你。」

兩人說話時，夜晚逐漸被驅散，隔簾外面透進光芒，昏暗的床上也變得更明亮清晰。

日織可以清楚看到把臉貼在她手上的悠花清秀的側臉和長長的睫毛。真是美麗的妻子，但敞開的內衫前襟下卻是沒有起伏的平坦胸膛。

她的另一隻手輕撫悠花的臉頰，接著吻了抬起頭的悠花。

「我要走了，我的妻子。」

「真無情。」

兩人近到嘴脣幾乎相貼，細語呢喃伴隨著溫暖的鼻息。

「日織，該準備了。」

開著門扉、掛著簾子的門外，有聲音從廊臺傳來。那是服侍日織的空露。他是從小就以教育者身分陪在日織身邊的護領眾，所以對她一點都不客氣，明知日織和妻子睡在一起，只要她稍微晚起，他就會來催促。

「我知道了。」

日織從悠花鬆開的手中把手抽出，起身準備沐浴。

龍道是龍稜的聖域。在大殿下方的空間最底端有一道叫作地睡戶的門，門後即是地大神沉睡的地方。

日織沐浴淨身之後走下龍道，在地睡戶前完成了祭拜。她再一次抬頭望向這道門，巨大黑色門扉的縫隙規律地冒出熱氣，如呼吸一般，熱風吹在她的臉上。或許是因為這熱風，龍道總是乾燥得令人喉嚨疼痛。

（我在地睡戶裡面發生了什麼事？）

日織為了成為皇尊而進入過地睡戶，但她完全不記得出來之前的事。

她自己沒察覺到任何改變，但她活著從門內出來，殯雨也停止了，因此她當上了皇尊。

「日織，大臣們就快到了，上去吧。」

在空露的催促下，她轉身離開地睡戶。在牆邊等候的采女提著燈在前頭開路，空露如同護衛似地跟在後方。

「今天是第一次大殿接見，妳秉持平常心就好了。新上任的左大臣小勢乙名大人也會上殿。」

就算叫她秉持平常心，日織還是十分緊張。

大殿接見是皇尊和重臣議事的場合。

如同皇尊政務顧問的太政大臣淡海皇子跟她說過，在接見時多半是重臣向皇尊呈上祭儀或政務相關的建議，皇尊偶爾也會向重臣提出意見或交代命令。

每二十八天會在大殿舉行一次接見，在日織當上皇尊以來，這還是第一次。

「依照慣例，大臣在皇尊即位後的首次大殿接見不會提問或提出建議，放心吧。」

空露似乎看出日織的心情，又補上這一句。

空露從小就在日織的身邊輔佐，所以能敏銳地察覺她的心思，同樣地，日織多少也猜得到空露的心思。

（我已經完成入道和宣儀，當上了皇尊。但是就算當上皇尊，也不代表我一定能妥善治理這個鎮守巨龍的國家。）

日織想起了她以皇尊身分賜下書信的反封洲國主長子伴有間說過的話：

——您治理國家或許不會像以前的龍之原那麼容易喔。

自神代以來，從未有過女的皇尊，而且日織又是生於皇尊一族卻聽不見龍語的遊子，輔佐皇尊的臣子和八洲各國一定都對她心懷疑慮。

不管怎樣，日織已經當上了皇尊。

她已經實現了廢除放逐遊子法令的夙願，但她不能就此心滿意足地放下現在的身分地位。

皇尊只有死了才能退位。如果她把政務全都丟給臣子，無所事事地活到壽終正寢，那未免太懶惰、太不負責任了。

日織的第一位妻子月白說過很期待她治理的朝代。月白所期待的龍之原應該不只是讓遊子不會再受到痛苦折磨的地方，而是希望龍之原這個神國成為一個更好的、配得上有龍棲息的國家。

（我想成為一位不會愧對月白的皇尊。）

月白是日織渴望疼愛保護，卻又保護不了的妻子，所以她至少要實現月白的心願。

再說，如果日織對政務敷衍塞責，遊子就會再度受人非議，等她死了以後，放逐遊子的法令說不定又會恢復。

日織的治理能讓龍之原改變多少？能讓人心改變多少？

這些都會漸漸改變這個國家今後的樣貌。

一行人走出龍道，爬上石階，從烏漆抹黑的隔間回到大殿。

領頭的采女躬身退到一旁，其他采女跪在日織身旁，朝著殿門的方向喊道：

「皇尊駕到！」

另一位采女掀起五色布，日織走出去，站在安置於大殿底端的皇尊座位，空露跟在她的後面。

左右兩旁整齊羅列著白杉柱，四位重臣背對柱子低頭而坐。

正殿的正門是開著的，看得見早晨的天空。蟬還沒開始鳴叫，空氣非常清新，遠方青翠的護領山南嶺上方飄浮著細細的銀光。那是龍。

微風吹進大殿，摻入了白杉梁柱的香味。在夏天，各種東西的味道都變濃了。

大殿後方的瀑布從峭壁流瀉而下，發出清涼的水聲。

「各位辛苦了，請抬起頭來。」

四人一抬頭就露出訝異的表情，大概是因為日織的打扮太奇特吧。

她身上的長衣和白褲是男人的服裝，但頭上沒有綁髮髻，而是以朱繩紮成一束，配上淡紅色和白色的芙蓉花，臉上還化了淡妝。

日織習慣盤腿坐姿，穿女裝很不舒服，所以她穿沒多久就開始抱怨，又換回了男裝，不過悠花覺得她不打扮太可惜，堅持至少要保留女性的髮型和妝容。這副打扮既秀麗又英挺，兼具了兩性的美感，讓日織顯得更美了。

「皇尊真是光彩奪目啊。」

右大臣造多麻呂笑著說道。

淡海皇子和統御護領眾的大祇真尾坐在日織的左手邊，他們兩人的神態不像多麻呂那樣愉悅，而是乾咳著表示「的確」、「雖然有些奇異」。

多麻呂坐在日織的右手邊，更靠近日織的上座坐了個眼生的男人。雖然素未謀面，但日織知道這個人是誰。

他是小勢乙名，在阿知穗足離職之後接替了左大臣的職位。

「這位是左大臣小勢乙名吧？」

他默默地行禮做為回應。

「我們是第一次見面。今後有勞你了。」

「我必當竭盡綿薄之力。」

他低著頭，用穩重低沉的聲音回答。

不知道為什麼，乙名說起話來感覺比不說話的時候更沉靜，他低沉的聲音彷彿能吸收周圍的雜音，具有一種獨特的威嚴。日織突然覺得，他就像一顆石頭，一顆吸收著周圍的聲音、靜止不動的石頭。他的眼下有著深深的皺紋，不過聽說他的年紀和多麻呂差不多。

龍之原的人民生活在以十戶為一單位的里，或是以五百戶為一單位的鄉。治理里和鄉的是「里正」和「鄉正」，而里正和鄉正的長官稱為「首」，在首之中要再選出代表，稱為「大首」，在右大臣手下實際管理人民的就是這四位大首。

乙名先前的官職是大首。

在推選新的左大臣時，淡海皇子、右大臣多麻呂，以及乙名之外的其他三位大首都一致支持由乙名出任左大臣。

左宮和右宮都沒人提出反對意見，此外，在阿知家族之前一直是由歷任的小勢家族擔任左大臣，所以他應該是合適的人選。

日織不認識小勢乙名這個人。

聽了他被推舉的經過，得知重臣們都認為他足以適任，日織也沒有理由反對。就算日織反對乙名擔任左大臣，要是被問到還有誰更適合，她也答不出來。如果她從自己認識的人之中擅自指定人選，不但重臣會抗議，左宮右宮一定也會抱怨。

日織在皇尊座位的蒲團坐下，淡海皇子行禮說道：

「左宮右宮都勤勤勉勉、克盡職守，今天兩宮沒有詢問或建議要呈獻給皇尊。恭祝皇尊今後康健無恙，也期待下一次的接見。」

依照慣例，淡海準備結束初次的大殿接見。

「請等一下。」

突然有人說了這句話。不只是日織、空露、淡海、真尾、多麻呂，連在場所有采女的視線都集中在那人的身上。

開口的是小勢乙名。彷彿連眾人的視線都被面無表情的他吸進體內，現場寂靜無聲。

「我有建議要上呈給皇尊。」

「我事前沒聽說過左宮要提出建議哪。」

淡海白皙的臉上露出疑惑的表情，乙名平淡地回答：

「這不是左宮的建議，而是我以侍奉皇尊的左大臣身分提出的建議，和左宮的任何人都沒有關係。大殿接見是讓臣子提出建議的場合，既然我獲准上殿，我想要提出一項建議。」

淡海望向日織，想徵求她的意見。

「乙名大人，你不能等到下次大殿接見再說嗎？」

多麻呂一臉困惑地問道，乙名瞥了他一眼。

「我認為盡早提出比較好。」

空露膝行貼近，小聲說道「可以叫他下次再提」。

但是日織很好奇乙名為什麼這麼急著提出建議，她也不想用「不符合慣例」或「不熟悉」這種理由拒絕他。

「說吧，乙名。」

乙名把身體朝向日織，直視著她的眼睛說：

「請皇尊盡快找一位夫婿。」

日織還以為他急著提建議是有什麼重要的事，結果竟然是夫婿？她愣了一下，隨即笑著說道：

「我已經有妻子了。」

「有沒有妻子無所謂，我要請皇尊找的是夫婿。」

「以後會有的。」

「等到以後就太晚了。請恕我直言，皇尊已經二十七歲了，生孩子的事不能一直拖下去，必須盡快、立刻找到夫婿。皇尊最重要的任務就是留下能鎮守龍的血脈，不能像這次皇尊即位那樣令人民憂懼，為了得到皇儲，一定要趕緊找到夫婿。」

乙名這番話說得合情合理。

龍之原的皇尊是根據血統來鎮守地大神，所以留下血脈是最重要的任務。日織也很清楚這一點，所以才讓悠花以妻子的身分留在她身邊。悠花希望日織將來生下他的孩子，日織也答應他了。

但是，其他人都不知道悠花是男人。

在世人的眼中，日織只有妻子，沒有丈夫。

「你要我快點找個夫婿，但怎樣的人才適合當皇尊的夫婿？應該先考慮這一點。

又不是隨便找個人都行。」

「當然，如果找了不適合的人當皇尊的夫婿，將來一定後患無窮。只有一個人不用想就知道絕對適合，不會有比他更好的人選了。如果皇尊能找那個人當夫婿是最好的。」

「是誰？」

「不津王。」

日織一聽到這個名字就冒出一股惡寒。

「你要我找不津當夫婿？」

她握緊放在憑几上的手，強忍著內心的厭惡。

「我知道皇尊和他競爭過皇位，不過事情已經過去了，希望皇尊能放下成見。不津王既然渴望皇位，他一定比誰都清楚皇尊的責任和皇儲的重要性，所以我認為沒人比他更適合當皇尊的夫婿。」

「你說我對不津有成見？我的妻子因他而死，這樣只算是成見嗎？」

「提起已死之人就是成見。拿死者當理由而不去做應該做的事，其實只是因為自己的心情，現實中並沒有人在阻撓皇尊。」

乙名的語氣死板，像石頭一樣不帶感情。

「你是叫我跟害死我妻子的人生孩子嗎！」

日織按捺不住，站起來大喊。

「是的，這就是我的建議。希望皇尊可以早點下定決心找不津王當夫婿，把他從附孝洲叫回來……」

「乙名！」

日織厲聲打斷了他。她因厭惡和憤怒而感到渾身冰涼，無法繼續聽乙名用平淡語氣說出那些令人反感的發言。

「我的夫婿由我自己決定！」

「那就請皇尊盡快找來和不津王一樣適合，或是更好的人選。」

她本來想叫乙名閉嘴，但空露小聲叫道「日織」。

日織頓時冷靜下來，同時注意到淡海、真尾和多麻呂充滿顧慮的表情。他們沒有附和乙名的建議，也沒有制止。這三人都知道日織和不津之間的糾葛，明白日織對他的厭惡及痛恨，所以沒開口支持乙名的建議。

但他們也沒有制止乙名，這是因為他們和乙名一樣希望日織快點找到夫婿。無論她想找誰當夫婿，總之都要盡快。

（我不需要夫婿，我只要有悠花這個妻子就夠了。可是他們不明白。）

如果她說出悠花其實是男人會怎樣呢？

（悠花是禍皇子。被人知道了會怎麼樣？）

日織在即位的時候已經知道，有很多人腦袋僵化得不肯相信親眼所見的事實。

既然遊子可以當上皇尊，那麼禍皇子也可以當上皇尊的夫婿而不會引發災禍……如此牽強的理論會有人聽嗎？雖然遊子和禍皇子都是被屏棄的人，但兩者之間毫無關聯，受排斥的理由也不一樣。

（或許我可以留著悠花這個妻子，同時找個形式上的夫婿來應付重臣？）

但是，她跟這位夫婿之間若是沒有夫妻之實，一定會引起對方懷疑。而且她如果只是找個形式上的夫婿，後來卻懷孕了，對方一定會徹底調查孩子父親是誰，說不定悠花也會遭到懷疑，畢竟能接近皇尊的人不多。

為了避免這種下場，她不能只是找個形式上的夫婿。

她和這位夫婿之間必須有夫妻之實。

（我不想要這樣。）

就算對象不是不津，日織也不想被悠花以外的人碰觸。她是悠花的丈夫。

（但我是皇尊，我不能光憑自己的好惡來做決定。）

在重臣們的注視下，日織無法漠視自己所處的立場。

聽著瀑布直洩深潭、被吞入漩渦的聲音，她逐漸鎮定下來，深吸一口氣，說道：

「我知道了。我會仔細考慮夫婿的事，盡快做出結論。」

在重臣們行禮之前，日織已經快步經過他們的面前，走出大殿，從廊臺大步邁向貼在岩壁上的迴廊。跟在她身後的空露用擔心的語氣叫著「日織」。

「我該抹殺自己的心情嗎？」

她痛苦地、呻吟似地說道。

「我不想和悠花以外的人有夫妻間的接觸。可是，我是皇尊。因為坐上了皇位，所以我必須抹殺自己的心情，找個夫婿，成為那人的妻子？」

如果她想讓悠花平安無事地待在自己身邊，就只能這麼做。她嘴上向空露發問，其實她自己就知道答案了。

日織理智上明白，若想實現自己的願望，這是危險性最低的方法，但她在感情上無法接受。

「可是……」

她停下腳步，用空露幾乎聽不見的細微聲音喃喃說道「我不想要這樣」。

（悠花屬於我，我也屬於悠花。）

空露沒有回答。他和日織一樣知道答案。

（我該怎麼做才好？）

暖風從龍稜下方吹向懸在岩壁之外的迴廊。眼前是草葉如波浪般起伏的草原——髭平。草原後方的里鄉之間的森林此時一定充滿了蟬鳴聲。

抬眼望去，可以看見護領山的祈峰。日織懷著祈求的心情掃視著連綿的山巒，想要找尋龍的蹤影，有兩條小小的龍正在互相追逐，從護領山上飛向山麓，不時愉快地盤旋。

（不知那條龍是不是長大了？）

和日織成為朋友的那條龍在宣儀之後就沒出現過了，或許牠曾經在遠方露過面，但日織不確定那是不是牠。說不定牠一直看著日織，只是沒有靠近。

就算成為朋友了，龍畢竟是龍。

龍不像貓狗那樣平易近人，也不會和人一起生活。

此外，牠們也不會理會這種微不足道的願望。

日織心知肚明，也覺得只要牠好好地成長茁壯就行了，但是當她遇上困難時，她還是會自私地期待龍來幫助她，希望龍使用神之眷屬的力量為她開闢一條康莊大道。

（我真是太厚臉皮了，竟然希望神為我做什麼。）

雖然只是短短一瞬間的心思，日織還是對自己的依賴心態感到厭惡。

「打擾了。」

日織回頭一看，發現有位采女站在空露身邊。剛才日織在發呆，所以在她開口之前都沒注意到。空露轉身面對采女，從她手中接過了像是信件的東西。

采女離開後，空露看著信皺起眉頭。

「那是什麼？」

「真尾大人有事要問妳。逆封洲送了一封奇怪的信給祈社，這不是接見時能討論的事，所以他寫信問妳的意思。」

「逆封洲？」

逆封洲是處於龍之原正北方的鄰國，和其他國家一樣，除了賜下遊子之外，平時沒有往來。

「信裡寫了什麼？」

「國主想派使者來恭賀皇尊即位。」

「來祝賀？怎麼這麼突然？以前沒有這種慣例吧？」

「說不定是聽說伴有間大人在龍之原備受禮遇，所以想來攀關係，看看能不能拿到好處。」

「我不需要他們的祝賀。」

「對方想派使者來祝賀，如果連見都不見就太失禮了，今後和逆封洲國主也很難往來了。」

「這樣似乎不太好，沒人知道以後會發生什麼事。」

如果只是來打個招呼，應該不需要提防，見一下也無所謂。日織不知道自己會因此跟誰建立怎樣的關係，說不定這段緣分將來會對她很重要。

就像她和伴有間建立的奇妙緣分。

（他現在在做什麼呢？不知道與理賣過得好不好……）

日織的心思飛到了遙遠的北方。

二

悠花坐在隔簾之後，拿著團扇朝胸口搧風。太陽升起後，西殿主屋變得很熱，鬱悶的是悠花不能拉起裙子露出雙腿，也不能脫下衣服納涼。他調整了一下頭上的芙蓉花銀釵。

昨晚他在床上對日織喃喃說道，這個季節的芙蓉花很美，明天就用芙蓉花當髮飾吧。日織想必把這句話放在心上，才會插著芙蓉花出席大殿接見。悠花今天也挑了芙蓉花造型的釵子，雖然日織不會發現，但偷偷戴上一樣的裝飾讓他覺得很開心。日織不久前回到了大櫻宮，但她一直待在正殿處理皇尊的工作，到現在還沒過來西殿。

悠花從隔簾的縫隙望著熱風吹過櫻花樹的枝葉，調皮地想著如果日織來了，他就要窩在床上裝病，跟她說「都是因為妳今天早上丟下我走掉，妳看，我真的病了」。

日織一定會露出無奈的表情，但他就是想看她這樣。

——息災嗎……

他突然聽到這句話。聲音像是從上方傳來的，又像是在耳中響起，龍的聲音就是這麼玄妙。

皇尊一族的女性只要看到龍就能聽到龍的聲音，但悠花從小到大即使沒看見龍也能經常聽見龍的聲音，那些龍大概是飛翔在人看不見的地方，像是遙遠的高空或雲裡吧。

最近他偶爾會聽見這條龍的聲音。

那簡短而清脆的聲音讓他覺得很熟悉。

（說不定是日織的朋友。）

日織說後來沒再看過跟她成為朋友的那條龍，但牠或許偶爾會心血來潮、遠遠地飛翔在日織的頭上。

悠花覺得，這大概是神之眷屬的超然和體貼吧。

「悠花殿下，我拿冰水來了。」

奶媽杣屋拿著一個漆碗走進來，裡面裝著從冰室要來的冰塊，再加入微甜的清水。悠花說了聲謝謝，放下團扇，接過漆碗喝了一口，頓時感到暑氣全消。杣屋拿起團扇，在一旁幫悠花搧風。

「杣屋，妳可以再拿一碗去給日織嗎？」

雖說第一次大殿接見只是形式上打個招呼，但是以日織的個性一定會很緊張、很疲憊，喝些冰水或許能讓她放鬆一點。

「她身邊自然會有人去做。」

「拜託妳了，我的丈夫身邊沒有多少像妳這麼細心的人。妳想嘛，居鹿也只是個孩子，妳就去教教她吧。」

杣屋喃喃說著「有這個必要嗎？」，但還是一臉開心地走出去了。

悠花正要繼續喝冰水時……

打開的門外傳來空露的聲音。

「我有事要跟你談，可以嗎？」

「好啊，進來吧。」

「悠花殿下，打擾了。」

頂著一頭齊肩短髮、穿著護領眾黑衣的空露走進隔簾內，跪坐在悠花附近。他的臉上總是帶著不帶感情的淡然表情，不過日織還是看得出他的心情，因為日織和他長年相處，有著深厚的情誼，這令悠花很不是滋味。

「日織呢？」

「在正殿請大祇幫忙回信。因為逆封洲國主寄信給祈社說想派使者來祝賀皇尊即位。」

為了移交遊子的事務，祈社會和八洲各國往來，所以八洲若是有事要通知龍之原，或是有問題要詢問，通常也會透過祈社。

「日織準備怎麼做？」

「她打算答應。因為和有間大人建立過交情，所以她想誠懇地對待八洲。」

悠花心想，這確實是日織會做的事。

「那你要跟我談什麼事？」

空露故意挑日織在正殿回信的時候獨自跑來找悠花，絕對不會只是為了寒暄。

「今天大殿接見時，日織被小勢乙名大人訓話了。」

「在初次的大殿接見訓話？依照慣例，這天應該只是形式上打個招呼吧？」

聽到悠花驚訝地詢問，空露默默點頭。

悠花不知道新上任的左大臣小勢乙名是怎樣的人，日織想必也不知道。悠花不清楚他為什麼打破慣例，但他一定是很有個性的人。

「乙名訓了日織什麼？」

「他要日織早點找個夫婿。」

「喔喔，是這件事啊。」

悠花不禁深深嘆一口氣。

（這也是應該的。）

他早就知道，日織不找夫婿，重臣們一定不會善罷干休。他沒想到第一次大殿接見就有人提起這件事，但他可以理解重臣們想要盡快解決此事的焦急心情，就算有人急到打破慣例，他也不意外。

這是遲早要面對的問題。

悠花希望日織幫他生孩子，如果他的孩子即位之後依然國泰民安，禍皇子或許有朝一日也能像遊子一樣得到平反。悠花對即位後的日織如此輕聲說道，然後吻了她，其實他自己也知道事情不會這麼簡單。

他只是看見日織為他無法自在過日子而感到難過，才會說出這種傻話，讓她的心裡舒服一點……不，其實那也是悠花的心願。

「日織怎麼反應？」

「她對乙名大人大發雷霆，因為他說了最不該說的話……他建議日織找不津王當夫婿。」

「那她當然會生氣啊。」

「但日織還是記得自己的身分，壓下了怒火。她很清楚，若是不想公開悠花殿下的事，就一定要找個夫婿，但她說不想要這樣，她不想被悠花殿下以外的人碰觸。」

悠花看著自己的清爽白纈裙拖在白杉地板上，用指尖輕輕撫過。

（不想被我以外的人碰觸……）

他的嘴角浮現一抹微笑。

（我的丈夫真可愛，像個少女一樣說出這種話。）

他想起了日織的肌膚如絹布般光滑的觸感。

（我也不想讓妳被別人碰觸。能碰觸妳的人只有我。）

從第二次宣儀到現在雖然不算很長的時間，但悠花在這段日子過得非常自由、非常幸福。他早就知道，日織當上皇尊之後就得為了得到皇儲而公開找個夫婿。就算日織把悠花的玩笑話當真了，但他自己很清楚，眼前的幸福只是暫時的。

可是……

（我才不想讓日織被別人碰觸。）

其實悠花沒資格笑日織的想法像少女一樣天真，因為他自己也像少年一樣，不想讓自己心愛的人被其他人碰觸。

「日織非常重視你，我也覺得你幫了日織很多。」

空露說的話讓悠花很意外。

「真訝異，沒想到你會對我說這種話，我還以為你只把我當成一隻黏著日織的討厭蟲子。」

「不好意思，我一開始確實是這樣想的，我認為你只會增加日織的麻煩，但是你說了會保護日織，我也看到了你的決心。此外，日織跟你在一起，有時還會露出跟小時候一樣的笑容，我見了也很欣慰，可是……」

空露帶著看不出感情的表情繼續說道。

「我這一生都在盼望日織坐上皇尊的寶座，廢除不合理的法令。我身為護領眾，卻為了自己的心願，不惜幫著日織欺騙神，實在是罪孽深重，而且我本該保護日織，就算這也是她的心願，但我勸都沒勸就幫著她實現，這也是我的罪過。」

外面傳來唧唧的蟬聲。很少有蟬能飛到龍稜頂端，但不知怎地有一隻蟬飛到了大櫻宮，孤零零地鳴叫。

「如今我雖達成了長年的心願，但也害得日織走上無法後退的路，所以幫助日織平安順利地繼續當皇尊就是我的彌補方式，也是我現在的心願。」

護領眾不露情感的眼中浮現了堅定的決心。

雖然方式和悠花不同，但空露也一直在照顧日織、保護日織。那是長年累月建立起來的堅決意志。

「所以呢？你到底想說什麼？」

「我希望你退出。請你找個理由離開日織，永遠都不要出現在她的面前。」

悠花忍不住笑了。

「你還真直接。」

「日織想必不會讓你離開，她把你當成妻子一樣愛護，又加上月白小姐那件事，所以她一定不會主動捨棄你。她如果為了你不找夫婿，她的立場會變得很艱難，即使有了夫婿，只要有你在，她就不會跟那人發生夫妻之實，這樣還是會讓她陷入危險。只有你不在了，日織才會認命地接受其他人，成為那人的妻子。」
「日織成為妻子……」
真是難以想像。在悠花看來，日織一點都不像「成為妻子」的人，硬要說的話，她還比較適合成為丈夫。
「我不像日織可以敏銳讀出你的心思，但我還是看得出來，你是很認同我的。」
悠花露出了微笑。
「如果你不認同我，一定會為了日織著想，直接把我殺掉。你會來勸我退出，也算是對我留了一分情面吧。」
空露低垂的眼睛浮現了陰暗的神色。悠花猜得應該沒錯，如果有必要，空露就會把他解決掉。
「不過呢，要我離開日織實在太難了。」
空露眼神銳利地注視著悠花。
「你既然猜到了我的心思，卻還是拒絕？」
「只要讓日織在保有我這個妻子的同時不顧我的心情另找夫婿，和那人發生夫妻之實就好了，這麼一來所有問題都能解決。雖然我很難忍受和別人分享日織，但我至少還能待在她身邊。乾脆我也去勸日織找夫婿好了……」

「你做得到嗎？明明就在她身邊，卻要看著她和別人同床共枕，你真的受得了嗎？再說，你認為日織做得出這種事嗎？」

用不著空露提醒，悠花也知道這是不可能的。

如果日織能為了義務和責任而抹殺自己的心情，那也不錯。就算這樣會讓悠花很痛苦，只要是日織的決定，他或許還是可以忍受。

只要她覺得這是皇尊該做的事。

如果沒有悠花，日織應該會從臣子之中選擇適合的對象來當夫婿。即使她無法接受不津，還是能接受其他的男人，因為她一直是個很有責任感的人。

話雖如此……

只要有悠花在，日織就不會這樣做。

即使這是皇尊該做的事，她也會因為悠花而拒絕。

（我是日織的枷鎖嗎……）

自己的存在讓所愛的人受到束縛，該走的正確方向也因此而扭曲。這絕對不是悠花樂見的情況。

「失禮了，悠花殿下。皇尊來了。」

杣屋的聲音從門外傳來，空露緊張地轉頭望去。悠花指著敞開的西側門口說：

「你應該不希望日織問你來這裡幹麼吧？你可以從那裡出去。」

空露眉頭深鎖，不知是愧疚還是生氣，低頭行禮之後就離開了。

「悠花。」

日織一進來，悠花就無力地倒向憑几。

「怎麼了？身體不舒服嗎？」

悠花把額頭靠在按著憑几的雙手，小聲回答：

「我生病了，因為妳今天早上丟下我走了。」

「真拿你沒辦法……」

日織在悠花的身邊坐下，輕輕摸著他有些冒汗的後頸，這令悠花感到難以言喻的幸福，他不禁低著頭嘲笑自己。

他心想「我怎麼可能離得開這個人呢」。

「日織。」

「什麼事？」

「妳要找夫婿嗎？」

他聽到吸氣的聲音，經過一陣子的沉默，日織用脆弱的聲音反問：

「你覺得我找個夫婿比較好嗎？」

聽到那受傷的語氣，悠花急忙抬頭。

「不是的，我才……」

他本來想說「我才不要這樣」，但又急忙打住。如果他現在表示反對，就會帶給日織束縛。

「悠花，你聽說了大殿接見的事吧？是誰告訴你的？」

「……是采女……不，是杣屋從采女那裡聽來的。」

日織垂下眼簾。

「你覺得我應該怎麼做？我只想要你，我不想跟其他人結為夫妻，也不想讓別人碰我，可是我是皇尊，我有義務和責任這樣做。我想成為一個能打造出我烏托邦家的皇尊。」

日織一口氣說完這段話，髮上的淡紅色芙蓉花不停顫動。

「我可以選擇不找夫婿，不生皇儲，一輩子只和你一起度過，但我若是這麼做，下一任皇尊必定是繼承不津血脈的某個孩子，可能是能市或高千的兒子，也可能是不津將來生的其他兒子。不津那麼厭惡遊子，繼承他血脈的人難保不會恢復我廢除的法令。不津就不用說了，能市和高千一定也無法接受身為遊子的我當上皇尊，唯一有可能繼承我理想的人只有與理賣，可是我已經把那孩子送出龍之原了，又不能隨便把她找回來。」

悠花清楚地感受到日織的深思竭慮。

皇尊必須考慮到下一個朝代的事，如果不希望自己理想的龍之原隨著改朝換代而結束，就必須由繼承自己理想的人來當下一任皇尊。

「我需要繼承人，不只是繼承皇尊一族的血脈，還要繼承我的理想。我明知這一點，但我……悠花，我只想要你，如果能跟你生下繼承人是最好的，但你的事又不能公開。我到底該怎麼做呢？」

聽到日織那句「我只想要你」，悠花對她的愛意更強烈了。他把手貼上日織的臉頰，像是在鼓勵她。

「我也一樣啊，我可愛的丈夫。正是因為這樣，我也不知道該怎麼做才好。」

「二十八天後又要舉行大殿接見，既然已經有人提過夫婿的事，到時重臣們一定會再問我。我答應過會仔細考慮，所以至少乙名會像石頭一樣靜靜地質問我是不是想出結論了。」

日織眼睛溼潤，一臉難過的樣子。悠花真想安慰她，於是吻了她的臉頰。

「來想想看吧，日織。我們一起想。」

□ □ □

下一次大殿接見在二十八天後。

雖然悠花說要一起想，但他們根本想不出方法。

能實現心願的最實際手段就是讓日織在保有妻子的同時另外找個夫婿，成為那人的妻子，然後瞞著夫婿偷偷和悠花維持關係，同時也和那位夫婿發生夫妻之實。

能實現心願的最實際手段，是最不道德、既痛苦又可恥的選項。如果選了這條路，成為日織夫婿的那人會受到多大的羞辱？悠花的心會受到多少傷害？就算有必要，他們真的該這樣做嗎？

悠花苦笑著說，若是有必要，那也只能這樣了，他還開玩笑地說，更簡單的方法是自己離開龍稜。雖然是開玩笑，但日織聽到悠花自己說出這種話還是很心痛。

他們甚至考慮拜託知道一切的空露放棄神職，成為日織形式上的夫婿，不過重臣們會答應讓皇尊一族以外的男性來當皇尊的夫婿嗎？如果空露是生在出了很多大臣、擁有姓氏的家族，情況就不一樣了，因為有不少皇女嫁入這些家族，皇尊一族也經常娶這些家族的女性為妻，所以擁有姓氏就等於和皇尊一族血脈相近。

但空露並非生於擁有姓氏的家族。

如果只考慮皇尊該做的事，日織應當依照悠花所說，命令悠花離開龍稜去過自己的人生，兩人再無瓜葛。這樣日織就能找個能讓重臣們接受、適合皇尊的夫婿，生下皇儲，打造自己理想的朝代，善盡皇尊的義務和責任。

可是，如果選擇這麼做，日織和悠花的心都會變得像行屍走肉一樣空虛。

沒有一條路走得通。

日織不禁這麼想。

她因當上皇尊而實現了心願，而且還有其他心願正待實現，但皇尊的身分卻阻礙了她的心願，她覺得自己像是被一圈高牆包圍了，既不能前進又無法後退，只能呆立在這狹隘的空間。

毫無作為地過了幾天，正當她覺得再過多少天都想不出答案時，有一隻從祈社放出的夜鳴鳩飛到了龍稜。

信上報告，從逆封洲來祝賀皇尊即位的使者已經到達祈社。

來到祈社的人持有八洲國主獲賜的紋石印符，確實是逆封洲國主派來的。

無論日織再怎麼煩惱，龍之原和八洲的人依然在活動，各種事情依然在運作。

就算她因痛苦和無路可走而煩惱，也不能拋下皇尊的職責。

她必須接見逆封洲國主派來的使者。

「逆封洲國主是怎樣的人？」

收到逆封洲使者到來消息的兩天後。

日織望著大祇真尾的背影，沿著懸在岩壁上的迴廊走向龍稜的大殿。空露跟在她的身後，後面還有兩位采女。

「聽說這位國主在位三年，年齡十四歲，名叫末和氣。」

真尾放慢腳步，頭也不回地說道。

「在位三年？意思是他十一歲就當上國主了？十一歲還是個孩子吧？竟然有辦法

治理國家。」

「不光是治理。和氣大人當上國主後，逆封洲彷彿煥然一新，變得非常豐饒，人民都稱讚他是英明的國主。」

聽到背後的空露這麼說，日織驚訝地回頭。

「豐饒？」

「他擴建渡口，讓八洲各國的商人方便進出，又整頓法律，讓有能者都可以受到重用，因此商業繁盛，人才輩出，國家自然變得豐饒。和氣大人雖然年幼，治國才能卻不容小覷。」

新皇尊剛即位，他就察覺到情況有異，第一時間派使者來龍之原勘查究竟，這確實是英明的國主會有的敏捷和細心。

（再怎麼說，十一歲就能把國家治理得井井有條也太誇張了。現實世界真的有這種像傳說一樣的英明國主嗎？）

日織簡直不敢相信，但若真的有這麼年輕、才能這麼出眾的國主，她也只能相信。

「真是不枉這位英明的國主汲汲營營地派來使者，畢竟從來沒有八洲的使者被請到龍稜。」

聽到真尾尖酸的發言，日織瞇起了眼睛。

「你不高興？」

「沒有，伴有間大人都來過龍稜了，事到如今還有什麼好抱怨的。」

身為神職者的真尾到現在依然把八洲的人視為罪人。

龍稜、左宮、右宮，以及祈社，都被視為皇尊的居所，所以會有采女值勤。

因為祈社位於護領山的祈峰，所以這些地方之中只有祈社容許別國人民留宿，八洲的人必定會安置在祈社。

逆封洲派來的使者也是剛來就被帶到祈社的來殿。

從前八洲的人不准踏足祈社以外的地方。

但是日織即位以後，對待外國使者的規矩就改變了。

因為有過反封洲國主長子伴有間進入龍稜大殿的前例，所以現在八洲的使者也能獲准進入龍稜或大殿了。

除此之外，要皇尊為了接受使者祝賀而特地跑一趟祈社也說不過去。

所以中務上找左大臣小勢乙名商議後決定，先讓使者住在左宮，要覲見時再從左宮前往龍稜大殿。

其他重臣都沒有意見，只有神職者真尾到現在還不太願意讓八洲的人踏進龍稜。

「皇尊駕到！」

「行禮！」

一行人來到大殿外的廊臺，到達敞開的正門，侍立在兩旁的采女朝裡面喊道。

真尾率先走進殿內，在皇尊座位的左手邊伏著一位穿著特殊的女性。

她的頭髮沒有綁，而是披在背後，她穿的不是裙子，而是長達腳踝的長衣，胸前用布帶綁著褶，外面披著一件薄絹大衣。這是八洲女性的裝扮，而且是高貴女性的裝扮。大衣上繡了精緻的車百合，朱紅的色彩像火焰一樣鮮豔，看起來非常華麗。

（這個女人就是逆封洲的使者？）

日織在皇尊的位置坐下，真尾隨即低聲向那女人示意，她拿起細長的木盒，膝行至日織面前。木盒裡應該是逆封洲國主的書信。

「抬起頭來。」

聽到日織的命令，女人抬起頭，和她四目交會，然後露出柔和的微笑。這笑容太過溫柔，讓日織心中一驚。

這女人讓日織想起了她以前非常仰慕的人的微笑。

（宇預姊姊……）

三

這女人大概比日織大五、六歲。她的年齡或許也是令日織想起宇預的原因之一。日織很好奇一旁的空露會有什麼反應，偷偷看了他一眼，卻發現他還是面無表情，彷彿什麼都沒有感覺到。看來只有日織覺得她像宇預。

仔細一看，她的容貌和宇預並不相似，大概只是因為她嫻靜的氣質、溫婉的表情和微笑，才會讓日織聯想到宇預吧。

「我代表逆封洲國主前來覲見，我叫遠音，是國主和氣的母親。」

「國主的母親？」

「要我這種無能之人代表國主出訪，實在是愧不敢當，但國主覺得若要向皇尊表示誠意，與其派出臣子不如派出親近之人，所以才選中了我。如果我的到來能讓皇尊感受到國主的真心，那就太好了。」

她深深地鞠躬行禮。

「在此傳達逆封洲國主的祝賀之意。逆封洲國主由衷地恭祝皇尊即位。」

遠音把木盒舉到臉前，采女接過去交給日織。盒子用紫繩綑著，日織解開繩子，打開蓋子，拿出書信攤開一看。

「是印章？真少見。」

信上以端正的字體寫了對日織即位的祝賀，雖然遣辭用句客氣有禮，字卻寫得像書法字帖一樣，說得難聽點就是沒有個性。一般來說，信末應該有逆封洲國主以草書簽下的署名，這封信卻沒有，只在正楷書寫的名字後面蓋了朱印。

「這是國主末和氣想出的方法。因為要寫的書信和法令太多，一一署名太麻煩，所以改成印章，稱為國璽。」

先前聽說末和氣是個英明的國主，看來真是如此，為了增加處理事務的效率，連這種小地方都花了心思，真是令人佩服。

「我收到逆封洲國主的心意了。謝謝妳，遠音。」

遠音抬起頭，聽到日織這句話，頓時放鬆了緊繃的肩膀。

「有勞妳遠道而來，我確實感受到了國主讓自己母親擔任使者的用心。」

日織的措詞和表情都變得更隨和了。

「辛苦妳了，遠音。雖是奉國主之命出使，到其他國家還是很累吧？」

日織會這麼親切地問候遠音，是因為她以「顯然是死記硬背」的僵硬態度說完賀詞之後比較安心了，所以表現出平時會有的放鬆態度。日織感覺得出來，遠音雖不習慣，還是很努力地達成國主兒子交代的使命。

遠音露出驚訝的表情，大概是日織的態度讓她很意外吧。

「坦白說，要覲見皇尊讓我非常惶恐，因為皇尊是鎮守地大神的人，不知會是多麼地威嚴。」

她說到這裡，再次露出柔和的笑容。

「不過看到這麼溫柔美麗的皇尊，真是讓我鬆了一口氣。我有個妹妹，您的年齡似乎和我妹妹差不多。」

「妳的妹妹幾歲了？妳自己呢？」

「這個……您要叫一個女人說出自己的年紀嗎？」

被她這麼一說，日織對自己的輕忽感到有些不好意思。

「是我不好。因為我從小到大都沒注意過這些事，一不小心就問出口了。」

「啊，請您別這樣說，該道歉的是我。」

遠音反而驚慌地低下頭。

「因為皇尊太親切，我一不小心就失了分寸。我妹妹二十七歲，我比她大七歲。」

她和宇預同齡。

大概是日織和遠音的對話溫馨得令人莞爾，侍立在門旁的采女們都露出了微笑。

「聽說妳和隨行的人住在左宮，沒有不方便之處吧？」

「是的，招待非常周到。」

「我已經收到國主的祝賀，妳的任務完成了，但是長途旅行一定很累，先好好休息一陣子吧。」

遠音道謝之後，眼中隱約浮現了不安的神色。

「今天是我第一次、也是最後一次見到皇尊的機會嗎？」

「使者的任務是傳達祝賀之意，既然完成了，當然是到此結束。」

聽到真尾冷淡的回答，遠音央求似地說：

「那個，我還有些話……」

「到此結束。」

真尾打斷了遠音的話，遠音遺憾地輕輕搖頭，然後低頭說「我明白了」。

「恭祝皇尊的朝代長治久安。」

她遵循禮節如此說道。

日織用眼神向真尾和空露示意，隨即起身離座，留下低著頭的遠音走到外面的廊臺，但又忍不住停下腳步，回頭望向敞開的正門。

「怎麼了，日織？」

被空露這麼一問，日織皺著眉說：

「那個叫遠音的逆封洲使者除了表達祝賀以外，好像還有其他話想對我說。難道我不用聽嗎？」

走在前頭的真尾停了下來。

「這是接受逆封洲國主祝賀的場合，沒必要談其他的事。好了，皇尊，請回吧。」

真尾嚴肅地說道，又繼續向前走。日織也跟著他走，卻又覺得難以釋懷。

她一直在想，自己是不是漏聽了很重要的事。

「真尾。」

日織再次停下腳步，朝著前方的背影說道。

「幫我把遠音叫到大櫻宮。」

真尾猛然轉身，像是聽見了不可置信的話。

「為什麼要把八洲的人叫到皇尊的宮殿？」

「我有話想問她。」

「可是……」

「叫她來。」

日織用不容分說的語氣下令，真尾嘆了一口氣，回答「遵命」，又轉身繼續走。

空露走到日織的身邊說：

「妳很在意她嗎？」

「嗯，那個人有話要對我說，我想知道。」

空露停頓片刻，像是在思考，最後他點頭說：

「我想這是個明智的決定。」

回到大櫻宮後，日織吩咐空露如果遠音來了就通知她，隨即走向西殿。

這幾天日織一有空就往悠花那裡跑，因為她的心裡很不安。

櫻葉的綠意在強烈陽光的照耀下非常鮮明，透過枝葉灑在廊臺的點點陽光彷彿也染上了淡淡的綠色。

悠花正在西殿的主屋，他坐在敞開的門邊一邊納涼一邊教書法，居鹿在他面前伏案寫字。

插在悠花髮髻上的芙蓉花銀釵顯得神清氣爽，他喜歡的淡青色背子（註4）也很符合夏天的氣氛。脣上和眼旁的紅色和額上的花鈿服貼於白皙的肌膚，看起來也很清爽，美得像是樹蔭下的花木幻化成人形。

如同要證明悠花並非花木化身，他脖子上微微滲出的汗珠透露出人的溫熱，令日織格外喜愛。

「皇尊。」

居鹿注意到她，轉過頭來。悠花用指尖敲敲居鹿的手，示意今天的練習到此為止，居鹿點點頭，拿著練字的紙張出去了。

「不繼續練習嗎？」

「居鹿的字進步了很多，我沒什麼能教她的了，她大概只是來找我撒嬌的吧，

註4　無袖罩衫。

居鹿雖然聰明，有時還是很孩子氣。我差不多該把她當成大人看待了，所以我打算過陣子就告訴她我已經沒東西能教她了。妳那邊怎麼樣？見到逆封洲國主的使者了吧？」

「那位使者是女性，和宇預姊姊同齡，而且她還是國主的母親。聽說國主是為了表示誠意，所以派自己的母親前來，而不是派出臣子。她表達祝賀之意以後，好像還有話想說，所以我命人把她叫來這裡。她一定還沒離開龍稜，想必很快就會到了。」

「她讓人很有好感嗎？」

「是啊，感覺很好相處。」

日織在回答時突然發現，自己會這麼在意遠音不只是因為她好相處，而是還有其他理由。

（是因為她很像宇預姊姊嗎？）

也不是這個理由，而是其他會讓日織不自覺感到在意的東西。不過日織確實初次見面就對遠音有一種親近感，覺得她毫無虛飾又很隨和。

「為什麼你覺得她讓人很有好感呢？」

「妳沒辦法忽視那個人，就代表妳對她印象很深刻。如果她不會讓人留下印象，妳根本不會在意她。一個人很壞或很好，都會讓人留下印象，不過從妳的語氣聽起來，就知道她給人的印象還不壞。」

「悠花，你的觀察力怎麼會如此敏銳？」

「我是在充滿閒雜人等的龍稜宮殿裡長大的，我還沒懂事就要開始學習怎麼欺騙周圍服侍的人，從小到大都是這樣保護自己，所以我很擅長觀察別人的舉止，也猜得出別人的心思。」

悠花這番話說得很輕鬆，不過一個少年被迫過這種生活不知道會有多鬱悶。

日織已經公開祕密了，可以自在地生活，但悠花依然受到束縛，而他明知要承受這種不自由的生活，卻還是想和日織在一起。

（如果能公開悠花的祕密就好了，這樣悠花就能當我的夫婿了。）

每次想到這個可能性，日織就會想起第二次宣儀的情況。當時阿知穗足雖然震驚，卻還是固執己見，連周圍的人也幾乎被他說服。

如果當時龍沒有叫來其他眷屬，日織的皇尊地位恐怕無法得到認同，說不定她還會被視為操控像龍的生物來欺騙神明當上皇尊的遊子，被人活活打死。

「日織，遠音來了。」

空露不知何時跪在門外。

日織對悠花說了句「我晚點再過來」，就走向正殿前的院子。為遠音帶路的采女不確定該不該把八洲的人帶進正殿，只好在庭院等著。

「遠音。」

遠音呆呆地佇立在巨大櫻花樹的寬敞樹蔭下，她的視線飄向庭院之外，望著斷崖所在的方向。

護領山翠綠的山脈連綿於遠方，有一條龍從護領山和龍稜的中央悠然掠過。遠音似乎被那條龍吸引住了。

她聽到叫聲而回頭，正準備跪下，日織急忙制止她。

「不用多禮了。把妳叫來卻沒請妳進正殿，讓妳在庭院裡等，真是有失禮數。」

強烈的陽光鑽過枝葉的縫隙，落在遠音的臉上。

「不會，我第一次看見這麼大的櫻花樹，茂盛又美麗，我很開心能來到庭院。而且我剛剛看到了龍，很纖細，又很優雅，是銀色的。」

日織看見她開朗的模樣才放了心，帶著空露走過來。

「那條龍從這麼遠的距離看起來還那麼大，實際上應該有這棵櫻花樹的三倍粗吧。」

「哎呀，有那麼大嗎？遠遠看起來還挺可愛的呢。」

遠音又望向天空，瞇起了眼睛。

「龍之原真的有龍呢，真是個神聖的國家。」

悠花猜想日織對遠音的印象不壞，他說得一點都沒錯。遠音雖是國主的母親，但說話時沒有半點架子，又很直率，一看就知道是性情中人。

「跑這一趟真是辛苦妳了。」

聽到日織的慰勞，遠音有些不知所措地露出溫柔的微笑。

「因為皇尊這般體貼，所以我明知您身分尊貴，在您面前卻如此隨興，真是太沒禮貌了。」

「不用在意，我也想要毫無顧忌地跟妳說話。妳剛才是不是想對我說什麼？」

被她這麼一問，遠音眼神游移，像是有些猶豫，但她很快就下定決心，望向日織。

「我本來不知道該不該說，但是看到皇尊這麼溫柔，您還以和我一樣的女兒身當上龍之原的皇尊，努力善盡職責……所以我很想告訴您。」

「妳想告訴我什麼？」

「逆封洲國主末和氣的擔憂。」

「擔憂？」

「我承蒙前一任國主青睞而進入宮中，其實我原本只是逆封洲渡口一個小商人的女兒，所以對於央大地的現狀，或是各國之間的關係，我全都一無所知。不過我的兒子和氣是國主，他年紀尚幼，但是和我這個母親截然不同，想出了各種良策來治理國家。為什麼和氣會任命我當使者呢……我想，一定不光是為了表示誠意。我雖然不懂國家大事，還是看得出自己兒子的擔憂，所以才想告訴您。不過我有些顧慮，因為這件事不能隨便散播出去……」

遠音擔心地望向站在日織背後的空露。

「這位是我的心腹，就像兄長一樣，妳可以把他和我視為一體。那麼，國主在擔憂什麼呢？」

遠音正色說道：

「目前在附孝洲的不津王。」

竟然在短短幾天內聽到這個討厭的名字兩次，日織忍不住皺眉。

「不津？他怎麼了？」

「逆封洲和附孝洲之間的商業往來很密切，由於這個緣故，和氣聽到了不祥的傳聞。聽說不津王對皇尊即位一事非常不滿，至今都不承認您的地位，他還打算在最近……」

遠音欲言又止，最後還是堅決地說下去。

「他打算在最近借附孝洲國主之力，逼皇尊讓位給他。」

一陣熱風從龍稜下方猛然吹來，吹過庭院，櫻花樹的樹枝劇烈搖晃，日織白褲的褲腳也隨之飄搖，熱氣吹過她的腳踝。

不津王準備篡位。

日織輕輕握起的拳頭開始冒汗，不是因為太熱，反而感到冰涼。

（我早就知道他不會一直安分下去。）

不津確信自己才是最適合當皇尊的人，但是日織已經完成入道，他只好主動離開龍之原。

在那之後，日織公開了自己的女兒身和遊子身分，厭惡遊子的不津必定無法接受，而且不津的兩個兒子能市王和高千王都被日織罷免，連岳父阿知穗足也辭去了左大臣一職。

不津是不可能放過日織的，日織占據皇尊之位一定也令他恨得咬牙切齒，他無論如何都要把遊子從皇尊的寶座拉下來。

日織感覺到站在她背後的空露也非常緊張。

所謂借用附孝洲的力量，是指不津要帶兵攻進龍稜、逼日織退位嗎？一旦大軍殺過來，連鳥手也保護不了日織。

龍之原沒有士兵。

雖然有皇子皇女獲賜的短刀，但是沒有作戰用的太刀。

就是因為這樣，所以不會飛的龍在護領山作亂時，她只能請有間幫忙。

（如果不津想這麼做，那我就是氣數已盡，根本無力抵抗。）

遠音看到沉默不語的日織臉上的表情，加重語氣繼續說：

「皇尊，請您千萬不要誤會，逆封洲認為絕對不能讓不津王上位。和氣從小就非常尊崇龍之原的皇尊，他是讀《古央記》長大的。若不是地大神選中的人就不能坐上皇尊寶座，和氣知道您才是皇尊，這點毫無疑問，這件事實絕不會因某些人的想法而改變，就是因為這樣，他才會派我出使龍之原。」

「這是什麼意思，遠音？」

「如果不津王想要篡位，和氣一定會保護龍之原和您。為此他希望和龍之原訂立盟約，危機到來之時，逆封洲就能派兵到龍之原相助。」

和龍之原訂立盟約。

這句話聽起來鏗鏘有力。

（就像幫助過我的有間。是這樣嗎？）

借用逆封洲的力量——想要對抗企圖擊垮日織的不津，這應該是唯一的方法。

「和氣或許覺得我也是女人，皇尊對我比較不會抱持著戒備，如果派我來出使，您可能更願意接受逆封洲國主的意見。其實和氣並沒有命令我這樣說，因為這個話題會令皇尊不愉快，但我覺得如果皇尊願意聽我說話，一定能明白和氣的心意。」

一片沉默。

風吹起，櫻葉搖曳，樹間灑落的陽光強烈刺眼，汗珠滑落脖子。

日織注視著目不轉睛的遠音，做了兩三次深呼吸，試著平靜下來。她無意摸了摸頭上的芙蓉花，感受到了花瓣的光滑觸感。

「謝謝妳，遠音。我明白國主和氣的想法了，讓我安心了不少。」

「那龍之原會和逆封洲訂立盟約嗎？」

「我在下次的大殿接見會和重臣討論看看。如果談完之後能立刻訂約，那我就可以放心了。」

遠音按著胸口，露出安心的笑容。

「如果皇尊和重臣們討論之後有可能立刻訂約，那我就留下來等待消息吧。當然，前提是皇尊允許。」

「我求之不得。不過這樣沒關係嗎？」

「是的，就算晚點回國，如果我能帶回好消息，和氣也會很高興的。」

日織表面上沉穩地和遠音應對，但恐懼還是在她心中逐漸擴大。

日織確信不津一定會行動。

如果不津行動了，她再繼續保持現狀，一定會沒命的。

（如果不和逆封洲訂立盟約，我的人生就要走到盡頭了吧。）

逆封洲國主在這時派遠音來龍之原，對日織來說真是值得慶幸的事。

「遠音，幸虧妳來了龍之原。」

日織再次向遠音致謝，然後命令采女送她回左宮。

走回正殿時，空露在日織的背後問道：

「日織，要怎麼做？」

空露的語氣也透露出了他心中的危機感。

「先派鳥手去周圍各國打聽消息，查清楚不津是不是真的有動作。如果查到了什麼，我下次大殿接見時再和重臣們商議。如果不津已經開始計畫，我們也得想出對策。」

日織眉頭深鎖地說道。

如果只是依靠和別國結盟，龍之原遲早會撐不下去。為了保全龍之原，為了保全這個國家的風貌，必須一點一點地慢慢改變。

可是……

「除此之外，我也不知道目前還能做些什麼。」

日織的心中充滿不安。就算當上皇尊，也不等於一切都圓滿了。即使她成功地入道，和地大神地龍結了緣，在宣儀上和龍結了緣，也不會突然產生改變。

「真可悲啊。即使當上皇尊，人終究是人，我也還是我。」

區區一介凡人，要怎麼成為率領國家的君王呢？

想到這裡，日織最先想起的就是那位白髮美男子。令人不敢輕忽、堅強剽悍、擁有統治國家的意志和力量的男人。反封洲國主的長子，伴有間。

他遭到自己父親厭惡，所以他若想率領國家，這條路絕對不會走得太平順。不知道他現在怎麼樣了？

如果他看到現在的日織會說什麼呢？

或許他會說，像妳這樣的人還是早點死掉讓出皇位吧。就算他說出這種話，日織也想要聽。

爬上階梯，進入正殿後，日織立刻提筆寫信給有間。她懷著求助的心情，又盡量避免太像抱怨，寫下這句「雖然我當上了皇尊，卻不能立刻當上率領國家的人」，接著也問到與理賣的情況，因為她年紀小小就得離開龍之原，讓日織非常牽掛。

日織把這封信交給烏手的首領馬木。這是私人信件，跟政務無關，但她還是拜託馬木安排，把這封信送到有間手上。

這不是送給國主的正式文書，沒辦法派人一路保護、確保送達，而是要經過一層層地轉手，很可能會在途中遺失。

即使如此，她還是想寄出這封信。

（有間和與理賣……他們現在怎麼樣了？）

即使身處遙遠的龍之原，日織還是想要知道他們的情況。

□　□　□

鳥手首領馬木把信交給一位鳥手，讓他帶到逆封洲的渡口。

逆封洲最大的渡口叫戶津，這裡或許是央大地最繁榮的海港，港內有石頭堆成的堅固突堤，堤邊停靠著幾艘貨船，正在裝貨或卸貨，還有一些船擠不進港口，只能在近海等待。

沿岸有一排木板屋頂的房子，那是商人的貨倉，貨物會從那裡搬到船上，或是從船上搬到那裡。

從貨倉到山腳之間都是民宅，攤販的頂棚連綿不絕，像是要填滿房子之間的空隙，攤販和房子之間擠滿了行人。

海風似乎被夏季的炎熱烤出結晶，飄到空氣中，連呼吸都能聞到鹹味。

烏手背著行李，打扮成小商販的模樣，在突堤上找尋要去反封洲的貨船，終於問到了「有艘船會定期運貨到北門津」，他去拜訪船主，那是一位叫作東二的商人。

「信？給伴有間大人的？你知道他是反封洲國主的長子吧？」

「嗯，是啊。」

面對疑惑的東二，烏手哈著腰，露出討好的笑容。

東二背後停靠著他的平底船，船身隨著海浪上下起伏。

「我認識的人受過他很多照顧，所以寫信感謝他。」

東二接過烏手遞出的信，拿到鼻子前聞了聞。

東二的身材非常矮小。雖然他的生意做得很大，但他的身高只到達他僱用的船夫的肩膀，體型臃腫，眼神卻很銳利，而且看臉就知道此人極為精明。烏手還聽人說過，這個人的短小身軀裡裝的全是智慧。

東二把信從鼻子前拿開，點點頭說：

「好吧，我會幫你把信送給伴有間大人。」

聽到他的保證，鳥手歪著頭問道：

「難道你有管道能見到他本人？」

「沒錯，不過……」

東二揚起嘴角，一臉貪婪地說：

「如果我確實地把信送到伴有間大人手上，你認識的人可得好好酬謝我喔。」

在耀眼的盛夏陽光中，一隻海鳥飛到在他背後搖曳的平底船的桅杆上。

第三章　宣布反叛

一

反封洲的首都——正式的稱呼是國府——叫作大蓋，因為供國主居住、有重兵防守的這座洲城建在名叫大蓋的平緩丘陵上。

這座洲城也命名為大蓋城。

環繞大蓋城的丘陵上散布著木板屋頂的民宅，丘陵和平地的交界處有一圈壕溝。壕溝是靠人力挖掘的，約有兩個人高，據說是三百年前的國主命人挖掘，到兩百年前才完工。

從遠方高處看過來，就像是寬廣的原野隔出了一個圓圓的大盆，都城就建在大盆之上。

原野中間有一條大河，順流而下就能到達位於河口的北門津。河口一帶的地區稱為北郡，從首都大蓋騎馬至此只要半天，而且北郡有北門津這個海港，受惠於和別國之間的貿易，因此北郡是反封洲最富饒的地區。

被任命為北郡郡主的是透谷。

北郡南方的沿岸地區稱為南郡，管轄南郡的是敬谷。

北郡和南郡都靠海，沿岸的表層海水有南方海域流過來的少許暖流，雖然反封洲的冬天冷到連土地深處都會結冰，但北郡南郡相較之下還是比較溫暖，下雪量也少於內陸。

首都和北門津都在反封洲東側，這裡的人口也比較多，可說是國家的核心地帶。

由有間擔任郡主的奧三郡因為包含了三個郡，幅員非常遼闊，其中的北奧郡雖然也靠海，但是與北奧郡相鄰的西北海洋一年四季都是冰冷的，全年都有寒流從央大地的更北邊、沒人知道那邊有什麼的遙遠北方流過來。

反封洲西北部有一半面積在夏天依然是冰天雪地，是央大地最嚴苛的地帶。

「少主，東部連夏天的味道也不一樣呢。」

有間在小山丘上望見遠方的首都，就勒住韁繩，隨行的三位年輕屬下也陸續把馬停在有間旁邊。其中一人嗅了嗅，如此說道，另一人附和說「我也這麼覺得」。

「大概是因為草味很重吧。這裡的草木真是生氣蓬勃。」

語帶欣羨的是生長在北奧郡的人。

有間和屬下們的額頭上都微微地冒汗。

躲到樹下就不熱了，在陽光下會被晒得火辣辣的。反封洲的人不習慣這麼熾烈的陽光，皮膚被晒得有些刺痛。

即使如此，他們還是想晒晒太陽。只有生活在冰天雪地的人才知道這是多大的福氣。

「壹岐去哪了？」

三位屬下都緊跟著有間，殿後的壹岐卻不見人影。有間正在擔心他是不是跟丟了，壹岐就從後方的樹林策馬跑來。

「抱歉，兄君，我來晚了！」

三個年輕人看到他的模樣都忍俊不住。

「壹岐大人！你這模樣是怎麼回事？」

「你想做什麼啊？」

「別鬧了，幹麼搞這種花樣啊？」

壹岐自豪地挺起胸膛。

「很漂亮吧？」

他的懷裡插滿了花心深紅、花瓣雪白的木槿花，滿到都快溢出來了，大衣的一隻袖子也塞得鼓鼓的，裡面露出淡紫色的木槿。壹岐或許是故意要寶，就連馬頭和他自己的耳上也插著重瓣的白色木槿花。

「壹岐，你這是在幹麼？」

「我跑出樹林之前看到很多花，就忍不住摘了一些。」

「壹岐大人這副模樣真是玉樹臨風，氣宇軒昂。」

「我也這麼覺得。」

因為壹岐笑咪咪的，年輕屬下們都笑了。

「身邊有個一看上去就很可靠的人，真是令我安心。」

有間輕輕握住腰上的太刀，感受著刀柄的觸感。裹著鯊皮的刀柄有兩處很深的缺口，他只要摸著那缺口就能平靜下來。他長吁一口氣，下令說：

「一口氣衝到大蓋。」

有間踢了馬腹一腳，策馬狂奔，壹岐和屬下們也跟著他。

他們衝下山丘，經過樹林中的彎路，衝上跨越大蓋壕溝的橋梁。橋邊有兩個士兵在看守，見到他們立刻舉起長槍大喊「停下來」，來人卻沒有減緩衝勢，兩個士兵被逼得只能躲開。

士兵急忙追去，但有間他們的速度更快，被那些人追到之前就能到達大蓋城的南門。

（木槿是美矢比最喜歡的花。）

壹岐嬉鬧似地摘來那些花，是因為期待見到美矢比，期待到時能把她逗笑，或是把她驚得一臉愕然。除此之外，或許也是為了讓他自己減輕緊張。

全力朝大蓋奔馳時，他的指尖感到一股熱意。有間和壹岐都一樣緊張，也一樣興奮。

一行人從木板屋頂的房子之間衝過，跑在首都的大道上。馬匹揚起一片煙塵，在陽光下如薄霧般擴散。人們看見五騎人馬衝過來，都嚇得紛紛讓路給他們通過。

身體在馬背上劇烈地上下晃動，太刀的刀鞘隨之發出聲響，腰間毛皮墜飾甩動。有間一邊策馬狂奔，一邊保持規律的呼吸以免發喘。

（時候到了。）

他對自己說道，試圖用冷靜的思緒抑制住興奮的心情。

（我的手上有一件能實現心願的寶貝。）

這次突襲不需要太刀長槍或弓箭。需要的東西只有一樣，就是有間手中那件獨一無二的寶貝。

大蓋城的南門是開著的。城門的構造和奧瀨柵一樣是兩層樓，規模卻截然不同，這道門大到需要抬頭仰望，光是一扇門扉就要十個男人才推得動。

從南門往東西兩側延伸的土牆也高到驚人，大概是把首都周圍壕溝挖出的土直接堆起來壓實而建成的。

或許是從門上望見了五騎人馬衝過來，門前有三十多個士兵守著，士兵們把長槍的矛頭指向來人，但他們一看到奔馳在最前方的有間，就嚇得腳軟了。

那頭白髮絕對不會有人認錯。

一眼就能看出他是有間。

傳聞已經意外身亡的國主長子竟然出現了，所有士兵的臉上都是又驚又懼。

有間用力勒緊韁繩，馬被嚇得雙腳立起，他制住馬匹，大聲喊道：

「我是國主伴屋人的長子，伴有間！我從龍之原回來覆命了。叫御前眾出來！」

壹岐和三位屬下也拉住了馬，圍在有間的身邊護住他，一邊大喊：

「放下武器！」

「有間大人回來了！」

「叫御前眾出來！」

士兵們紛紛收起長槍，開始退向南門，此時一個老人從人群裡跑出來，有間等人的馬匹還很亢奮，頻頻頓足，揚起灰塵，但老人毫不畏懼地跑過來，他一看見有間就睜大眼睛。

「少主……真的是少主……」

「九野，你還是一樣硬朗呢。」

有間笑著喊出老人的名字。

老人名叫佐佐九野，是御前眾的其中一人。他就是持續說服屋人好幾年，把有間從地穴救出來的人。他以智慧謀略輔佐前任國主，被別國的人譽為「冷酷無情的反封洲唯一的良心」，他還曾經進諫國主下令禁止苛虐欺壓別國的俘虜。

有間突襲大蓋必須做的第一件事，就是要見到這個老人，佐佐九野。

（如我所料，大蓋完全沒有戒備。父國主和透谷、敬谷他們還在盯著海路等我回國。）

要去龍之原時，有間是從北門津搭船出發，他們一定以為有間回國時也會搭船。其實有間原本確實打算搭船回國，只是在半途改變主意，換了陸路。

不過屋人和透谷都不笨。

有間他們到達奧瀨柵的幾天前，東二的船已經進了北門津，所以透谷、敬谷都知道有間不在東二的船上了，如果他們當時猜到有間打算走陸路回國，一定會做好準備等他回奧瀨柵。等有間回到奧瀨柵，屋人或透谷再動手就行了。

可是他們並沒有行動。

他們都中計了。

屋人、透谷和敬谷此時一定還在盯著大海等有間回來。

所以有間為了不打草驚蛇，只帶著少數幾人就趕往大蓋。

他要繞到等著殺他的那些人背後，突然公開現身。

御前眾都在大蓋城，只要有間出現在他們面前，公布自己回來的消息，就再也沒人能對他下手了。

如今九野就在他面前。

屋人、透谷和敬谷無法暗中殺掉有間了。

「少主，您還活著啊？」

九野顫聲說道。

「正是如此。」

「可是國主說您遇到海難了。」

「大概是誤傳吧。父國主收到錯誤消息一定很難過，不過看到我回來，父國主就會寬心了。我去跟他打聲招呼。」

有間以不容拒絕的語氣說完，就和屬下們一起騎著馬進入城門。

城和柵的架構大同小異，南門所在的外圍有土牆環繞保護。

南側是外郭，用來處理政務；北側是內郭，屬於日常生活的區域。

內郭中央有正殿，左右兩旁是東殿、東脇殿、西殿、西脇殿，正殿的後方是後殿，更後面還有北殿。東殿和西殿的旁邊各有一座高樓。

和柵相比，城的規模大多了。

柵的正殿只有一棟殿舍，城則是東西三棟相連的殿舍，這三棟殿舍的檜皮大屋頂比龍之原皇尊居住的龍稜正殿更大。

可是，這裡的殿舍只是虛有其表。

有間親眼見過龍稜正殿。

豎立著白杉柱的殿舍中瀰漫著香味和靜謐，莊嚴得讓人不敢有絲毫冒犯，絕非眼前這棟粗鄙武人以炫耀心態刻意擴大規模的殿舍能相比的。這棟三間相連的殿舍唯一的可取之處只有尺寸，就算當柴火拿去燒了也不可惜。

有間在正殿前方跳下馬背，壹岐和三位屬下也紛紛下馬。有間帶頭領著一行人走向殿前階梯時，九野匆匆趕來，臉色僵硬地阻止他們。

「請等一下！少主，您想要做什麼？」

「我不是說過了嗎？我要去跟父國主打招呼。」

「國主已經宣布了少主的死訊，少主應該知道這代表著什麼意思吧？請讓我們先去向國主報告說少主回來了，等國主心情平靜下來再去覲見，否則不知道會發生什麼事。」

九野這些御前眾都知道屋人非常厭惡有間，如果有機會鐵定會殺了他，他們卻還是支持有間成為下一任國主。他們必定早就察覺到危險，也知道屋人宣布有間已死代表著什麼意思。

「就是因為不知道會發生什麼事，我才要來這裡。我必須趁著還沒發生什麼事的時候搶先制止。」

「您要怎麼制止呢？」

「我有一件寶貝，非常厲害喔。」

「寶貝……到底是什麼？」

正當九野疑惑地詢問時。

「有間！」

有個高亢清澈的聲音大喊。壹岐比有間更快望向聲音傳來的方向。

「有間！」

筆直往這裡跑來的是一位長相標致的女孩，皮膚又白皙又細緻，雙眼皮的大眼睛，濃密的睫毛，紅潤飽滿的臉頰，紮成一束披在肩上的秀髮。淡紅色絹布長衣襯托出雪白的肌膚，褶用布帶綁在胸前。褶是輕盈的薄絹製成的。外面披著一件織了鏤空花朵的大衣。

「美矢比！」

壹岐大聲喊道，從鼓起的懷中拿出木槿花。

「妳沒事吧！太好了。那我這些木槿沒有白摘……」

美矢比沒有回應，而是視若無睹地從壹岐面前經過，筆直跑向有間，氣喘吁吁地抬頭看著他。

「你還活著啊，有間。我一直都相信，你一定還活著。」

她的雙手哀求似地緊緊抓著有間的大衣。美麗的表妹一雙漂亮的大眼睛盈滿淚水，顫聲說道。

美矢比是國主屋人的外甥女，不只國主疼愛她，連國主的兒子們也很寵她，她是反封洲引以為傲的美人，被譽為開在北地的鮮花。她擦著口紅的嘴唇、白嫩的臉龐、整整齊齊光澤亮麗的秀髮，都美得令人無法挑剔。

「妳也沒有遭到軟禁吧？看到妳還是一樣有精神，真是太好了。」

壹岐刻意用輕快開朗的語氣從美矢比的背後對她說道，但她沒有回頭，她只是專注地凝視著有間，用迫切的語氣說：

「你還活著。啊啊……有間。求求你，有間。」

美矢比大概是太激動了，除了有間以外，她什麼都聽不到，什麼都看不見。

「求求你，再也不要離開我。答應我，有間。娶我為妻吧，要不然……這段時間的擔心害怕，會讓我再也沒辦法放開你的手。答應我，娶我為妻，再也不要離開我了。」

她的語氣激動不已，纖細的肩膀輕輕地顫抖著，有間只是冷靜地看著她。

「放手，美矢比。我現在要去見父國主。」

「才不要，不可以。你先答應我，求求你。」

壹岐安撫似地從背後按著美矢比的肩膀。

「美矢比，冷靜點，先放開手。有間兄君現在必須去見父國主。妳明白吧？快放手。」

嘴唇顫抖的美矢比頓時沒了力氣，放開了手。

「走吧。」

有間快步朝正殿階梯走去，美矢比神情恍惚地注視著他的背影。壹岐從美矢比身邊經過時，說了一句「妳在這裡等著，不會有事的」，硬把一枝白色木槿塞到她手上，然後趕緊跟上有間。

有間等人穿的是蓋過腳踝的皮靴，穿脫不太方便，所以他們直接走上階梯，踏進敞開的大門，把地板踩得髒兮兮的。

正殿底端擺設著比較高的座位，背後立著簾子。那是國主的座位。邊緣加上裝飾的大蒲團此時空無一人。

「父親大人，有間回來問候你了。」

他知道父親不在，還是說出這句話，盤腿坐在蒲團前方。

壹岐和三位屬下跪坐在他的背後，九野也來了，坐在他的右手邊。沒過多久，又跑來了兩位老人，他們和九野同屬御前眾。

其中一人比九野大十歲，他是前任國主的異母弟弟伴安人，也是國主屋人的叔叔。除了擔任御前眾，他還兼任了閒戶郡的郡主。

另一個是和九野同樣年紀的獨臂老人，名叫蘇門真壁，他在前任國主的朝代擔任大將率領軍隊，性格十分驍勇。因少了一隻手不能再上戰場的他被任命為御前眾時，他還笑著說「只用一隻手就能換來御前眾的職位，真是太便宜了」。

兩人一看到有間，都露出不敢置信的表情，但他們不愧是御前眾，只是默默和九野交換一個眼神，就一起坐下了。

正殿外的廊臺傳來一陣騷動，大約十位臣子從東側的門口湧入，他們之間有一位被中年女人攙扶著、臉色土灰的老人。雖然女人支撐著顫顫巍巍的老人，但他非常虛弱，還得抓著臣子的肩膀當作拐杖。

有間瞇起眼睛。

（他還活著啊。）

有間想在這個老人斷氣之前坐上國主的位置，嘲笑著恨得牙癢癢的他，一邊對又老又病的他施加更多折磨。

有間想要持續不斷地、狠狠地報復這個老人——他的父親伴屋人。

屋人搖搖晃晃地坐在國主的座位，攀著憑几抬起頭來。在屋人身邊俐落地整理儀容的女人叫濃見，是透谷和敬谷的母親。

老人抬起瘦骨嶙峋的手指，指著有間。他的指甲彎曲得彷彿要裹住指尖，又厚又黃。

「有間……怎麼會在這裡？」

「父親大人，我回來了，特來問候。」

他深深低頭，還沒得到允許就抬起頭。

「聽說有人誤傳了我遭遇海難的消息，讓你擔心了，不過你大可放心，我毫髮無傷地平安回來了，御前眾也為我的回歸深感喜悅。我平安回歸之後，就能以下一任國主的身分為父親大人分憂了。」

跟著屋人進來的十位臣子像是要保護國主似地站在他的座位旁，他們聽見有間毫不忌諱地說出「下一任國主」，都對他投以鄙視和厭惡的眼神，就像在罵他不知天高地厚。

屋人的喉嚨咕噥作響，大概是強忍著不甘心的呻吟吧。

「……是透谷。下一任國主是透谷。你死亡的消息……或許是誤傳吧，不過收到誤傳的消息之後，御前眾在合議上決定國嗣是透谷，所以你並不是下一任國主。」

屋人用卡著痰的喉嚨說道，然後轉向御前眾。

「沒錯吧，御前眾？國嗣一旦冊立就不能再隨便更換吧？」

九野立刻豎起單膝，低著頭說道：

「臣惶恐。國嗣的確不能隨便更換，但那是基於錯誤消息而決定的，所以我們下錯了判斷。」

「不行！我不接受！」

像是要壓過九野的聲音，屋人大聲吼道。

「決定了就是決定了！政務的決策絕對不可隨意扭曲，如果一時興起就改變決定，那政務就無法運作了。只有神才能推翻已經訂下的決策！」

「沒錯，正如國主所說，這是合議決定的事。」

「當時御前眾都同意了，難道現在又要反悔嗎？御前眾又不是神，怎麼能說改就改？」

站在屋人身旁的臣子們盛氣凌人地說道。

「是嗎？只有神才能說改就改嗎？」

有間緩緩豎起單膝。屋人的臉孔因憤怒而充血，變成了深紅色。有間盯著他的臉，微笑著說：

「那真是太好了。」

他的視線緊盯著屋人，低聲說道：

「神也同意由我擔任反封洲的下一任國主。」

「你這膽大包天的傢伙，竟敢妄稱神的名號。不要得寸進尺了，白邪！」

有間按捺不住，哈哈大笑，等到笑完以後，他瞪著驚愕後仰的屋人，從懷裡掏出書信，然後拿著信站起來，把摺起的信攤開。

他走到屋人面前，雙手捧著書信展示。

信上的白杉香味頓時擴散到空氣中。

「請看，這是龍之原的皇尊賜給我的書信。上面寫著什麼？」

反封洲沒有這種帶著白杉香味、像絹一樣光亮的貴重紙張。

不只是御前眾，連壹岐和三位屬下也探出上身，所有人的視線都集中在那封書信上。

「龍之原！竟然有這種事！皇尊竟然賜了書信給反封洲！」

屋人從小到大都虔誠供奉地大神，在他的眼中，和地大神結緣的皇尊所賜下的書信就像是肉眼可見的神之威光。屋人眼睛溼潤，單手撐地，上身前傾，另一隻手朝著書信伸出。

「別碰！」

有間厲聲喊道。

「這書信是賜給我的，父親大人不可碰觸，請你伏地拜讀。」

「什、什麼！竟然說這種話，你太無禮了！」

「無禮？央大地沒有一個人能對著皇尊的書信批評無禮。來吧，父親大人，請你趴在地上，仔細看看上面寫了什麼。來吧。」

屋人伸出的那隻手也按在地上，雙手撐地探出身子，就像有間說的一樣，變成了趴在地上的姿勢。

（沒錯，趴下吧。）

有間在心中暗自嘲笑。

（像求饒一樣卑微地趴在地上吧，趴在被你稱為白邪的我面前。）

看到屋人趴在一張紙前的可笑模樣，有間不禁在心中嘲諷。

「國主大人！」

跪在屋人身邊的濃見想要阻止，但屋人還是伸長脖子，如飢似渴地盯著書信上的文字。

他看到後來，眼睛越睜越大，到最後那對混濁的眼珠幾乎都要掉出來了。他嘴唇顫抖，像是想說什麼，唾沫湧到了嘴角。

「不可能，這……怎麼可能會這樣……」

讀完信之後，屋人趴在地上喃喃說道。

「你看到信上寫了什麼吧？」

有間拿著書信緩緩轉身，展示給在場所有人看。

「這是龍之原的皇尊親手寫的書信，上面寫了伴有間適合擔任反封洲下任國主。皇尊和地大神結了緣，皇尊說的話就是地大神說的話，所以神也認定了我是反封洲下任國主。」

壹岐臉頰泛紅，大喊「竟然有這回事！」，坐在一旁的屬下們也都一臉震驚地看著有間。有間就連對自己的屬下都沒說過書信的事。

御前眾互相對視，笑容滿面地說「真叫人不敢相信」。

這時濃見尖聲叫道：

「我才不信，不可能有這種事！」

坐在國主身旁的臣子們如同被她的聲音喚醒，紛紛直起身子說「胡說八道」、

「一定是搞錯什麼了」。

「沒有錯，皇尊的書信上明明白白地寫了我是適合擔任反封洲下任國主的人。」

「不會的，不會的，絕無可能！」

聽到有間的話，屋人死命搖頭，稀疏的灰髮甩得蓬亂，貼在額頭和臉頰上。

「不對，不對！國嗣是透谷，才不是你！」
「哪裡不對？這裡寫了什麼？請你看清楚，信上寫了什麼？」
「那、那是……」
「請你說出來，信上寫了什麼？」
「我、我、我不說！我不說！我不說！國嗣才不是你，不對！」
屋人的身體顫抖得像在抽搐，他一把推開身邊的濃見，往前爬行，像是要抓住有間。有間迅速後退幾步。屋人無力地一肩撞在地上，發出呻吟，但他還是轉動脖子瞪著有間。
「不是你，國嗣才不是你，不是！」
「請你看看皇尊說的話。」
有間朝屋人揚起書信，屋人縮著脖子，身體捲成一團，大喊：
「不要，我不看！不要！」
「請你看清楚！來吧！」
看著不想接受的事實出現在眼前，屋人會感受到多麼強烈的遺憾、厭惡，以及絕望？有間非常清楚這一點，他懷著殘酷的確信繼續向屋人施壓。

「這可是皇尊的書信！你最尊崇、最敬畏的人是怎麼說的？請你看清楚！」

「不要！這是錯的！」

「沒有錯！」

有間大吼，低頭看著縮成一團的屋人。這點痛苦太輕微了。

（你一定不知道，當我看到母親變成骸骨時竟然感到欣慰，因為她不會再像活著的時候那麼痛苦。而且我意識到自己的想法時，也沒有任何感覺，因為我的感情早就枯竭了。）

臣子們正要衝向這裡，有間大喝一聲「別過來！」，瞪著他們說：

「我正在給父國主看皇尊的書信，你們在一邊安靜地待著！」

有間手上的書信只是薄薄的一張紙，在某些人眼中卻是鋒利無比的寶貝，他要用這個武器狠狠地刺向屋人。

他暗自祈求這一記刺得夠深。

（因為太習慣絕望，對什麼都害怕，就連有人建議一起離開絕望的深淵都會感到害怕，怕到不敢握住對方伸出的手。你根本不知道人心可以崩毀到那種程度。）

在地穴之下，眼神清澈的老人一直陪伴在有間身邊。有間得救時，想把老人也一起帶出地穴，但他說著「一起出去吧」，朝老人伸出手，老人卻哀號著推開他的手。別人明明想救他，他卻嚇得躲進岩石後面縮著不動，不斷說著「好可怕、好可怕」。有間那時才發現，老人清澈的眼神之中有些地方已經毀壞了。

在有間快要崩潰時支撐住他的人早就因過度絕望而變得不正常了。當有間發現這件事時，心中的憤怒更甚於傷心。

他必須不擇手段地改變這個國家，否則他的憤怒永遠不會平息。

比起被打入地穴的那幾百人所受的苦，現在屋人受到的打擊只不過是小小的皮肉傷。

還得讓他受到更大的折磨。

光是活著都會讓屋人感到厭惡的有間一定要當上國主。他想看到屋人謀劃的一切都被擊敗，擁有的一切都被奪取的可悲模樣。

有間要踐踏殘酷的父親，打造出他所做不到的、不會讓人民餓肚子、自己期望中的國家。有間打造的國家越美好、越豐饒，就能讓自己更快樂，並且讓屋人蒙受更大的屈辱和絕望。

「藉這個機會，我在此宣布。」

有間傲然地對著趴在地上的屋人說道。

「我就是下一任國主。」

二

沒有片刻歇息，一口氣衝向目的地。

有間早就想好計畫，而且事先都告訴過屬下了，所以他毫不遲疑，從奧瀨柵全力策馬奔向大蓋城。

他在途中換乘了兩次，馬也是事先準備好的。

為了配合馬匹的激烈動作，他必須一直繃緊全身肌肉，而且夏天的陽光很熾烈，反射也很強，一旦亂了呼吸就會立刻喘不過氣。

他拆下腰間的毛皮墜飾掛在馬鞍上，又脫下大衣綑在腰上，長衣也脫下一隻袖子，露出一邊臂膀，即使如此還是汗流不止。

馬噴著粗重的鼻息，揚起沙塵不停地奔馳。

（我已經射出了響箭。）

有間保持規律的呼吸騎在馬上，一邊控制著身體，一邊露出微笑。

雖然不知道接下來會發生什麼事，但他的心情非常暢快。

（現在沒辦法回頭了。）

屋人和透谷設下計謀要殺死有間，當他們付諸實行時，有間只剩下和他們對決的這條路了。

他要活生生地出現在屋人面前，拿出龍之原皇尊賜下的書信，宣布自己是下任國主。到時場面一定會很混亂，但屋人非常敬畏皇尊，一時之間應該不敢做什麼。需要防範的透谷和敬谷都不知道他會來到大蓋，仍然在北門津盯著大海。

有間只要讓御前眾知道自己還活著，並且展示自己成為下任國主的正當性，就能達到目的。

等到透谷、敬谷吃驚地趕往大蓋時，有間已經回到奧瀨柵——有間策劃的突襲大致上就是這樣。

支持有間當下任國主的御前眾一派，和堅持由透谷當下任國主的屋人一派，今後會開始產生衝突。此時在大蓋城裡，尊重御前眾及屋人意見的臣子一定為了如何處置有間而引發了激烈的對立。

大蓋城內意見紛歧，短期之內不太可能以國家的名義出兵討伐有間。

如此看來，只能由透谷或敬谷遵照屋人的意思出兵。

這麼一來就會演變成透谷、敬谷治理的郡和有間治理的郡之間的戰爭。如果以郡對抗國家，雙方兵力懸殊，如果以郡對抗郡，那就是勢均力敵了。

有間的計畫之中唯一遺漏的是美矢比。有間正準備回奧瀨柵，美矢比卻拉著他哭泣。

他打算盡快回到奧瀨柵，做好準備對抗屋人和透谷，他還為此刻意挑了行動敏捷的年輕屬下同行，所以不可能帶著礙手礙腳的美矢比一起回去。有間甩開美矢比的手，壹岐見狀就站出來說「我載美矢比一起趕路，不會拖慢大家的腳步」。

有間懶得繼續爭執。

他讓壹岐自己作主，逕自騎馬上路了。

壹岐知道自己會落後，但他還是讓美矢比坐上自己的馬，死命跟在後面。美矢比也沒有抱怨，只是抱緊壹岐的腰，咬緊牙關。

「有間大人回來了！」

奧瀨柵的南門出現在隨風搖擺的高大雙夏麥後方，在南門二樓站哨的士兵遠遠聽到了聲音，立即打開大門。

有間一行人衝進南門，柵裡的人迫不及待地圍上來。有間一下馬，立刻有人拉住馬轡，還有人把裝水的竹筒送到氣喘吁吁的有間面前，他接過來，一口氣喝光，轉頭看著跟隨自己進門、已經下馬的屬下們。

「辛苦你們跟著我趕路。謝謝你們。」

屬下們雖然疲憊，還是笑著回應，各自拿起旁人遞來的水，搖搖晃晃地走到陰影處喝水。

等他們喝到第三杯時，壹岐和美矢比騎的馬也進了門。

「哎呀，美矢比大人。」

「妳回來啦。」

「妳的頭髮……」

美矢比如同滑下馬鞍，軟綿綿地下了馬，一群女人趕緊跑過來扶她。壹岐開朗地對她們說「美矢比拜託妳們了」，隨即走到建築的陰影處癱坐在地。有間拿著裝滿水的竹筒遞給壹岐。

「快喝吧。不然會脫水的。」

「喔喔，太好了。」

壹岐虛弱地笑著接過去。

「你為什麼要帶美矢比回來？父國主和透谷又不會虧待她，把她留在大蓋就好了。」

「因為美矢比說想要回來，如果我們丟下她，她就太可憐了。」

滿頭大汗的壹岐露出了笑容，像是很高興自己把美矢比帶回來了。

「兄君！」

與理賣跑了出來，她的鞋尖沾滿白白的灰塵。令人驚訝的是，她是從正殿的廊臺下鑽出來的，簡直像野鼠一樣。

「兄君，你回來了！」

她抱住有間的腰，抬起晒得紅通通的小臉仰望著他，手上還牢牢抓著她的玩具弓箭。

「我回來了。妳有好好聽話嗎？大路去哪了？」

「她熱得頭昏眼花，說追我追得太累了，還叫我饒了她。」

有間笑了出來。

「龍之原的小姐真了不起，比我想得更厲害。」

「有間。」

美矢比攀著其他女人的肩膀走過來，與理賣立刻露出警戒的表情，躲到有間背後。

「那孩子是誰？為什麼叫你兄君？」

「這是龍之原的皇尊託付給我的小姐。」

「那不是男孩嗎？我還以為……啊！」

與理賣突然轉身跑向牽著馬的馬夫，一下子跑得就不見人影。

「她大概還不適應這裡吧，畢竟是龍之原的孩子。既然有間是她的兄君，那我就當她的姊姊吧。」

「美矢比。」

聽到這嚴厲的語氣，美矢比的表情頓時緊張起來。她不知道有間準備說什麼，但她的神情充滿了無論他說什麼都要留在這裡的堅定意志。

「為什麼回來奧瀨柵？妳知道這裡會發生什麼事嗎？」

「……我知道。」

美矢比不再攀著一旁女人的肩膀，直挺挺地站著。

她的妝脫落了，原本整齊的頭髮也亂糟糟的，白皙的臉頰沾滿灰塵，但她精緻的五官沒有減損半點風采，雙眼皮的大眼睛也依然如昔。

就算又累又髒，被稱為「開在北地的鮮花」的她還是這麼美麗。

壹岐瞇眼看著毅然站在有間面前的美矢比。

有間看得出來美矢比有多美麗，卻對她毫不動心。

「我是知道一切而回到奧瀨柵的。你宣稱自己是下任國主，御前眾和一半的臣子都很高興，很支持你，但國主大人、透谷、敬谷，還有追隨他們的其他臣子一定會靠武力除掉你。」

「妳明知如此，為什麼還要回來？或許他們很快就會派兵來奧瀨柵取我的人頭。」

「你手上有皇尊的書信，大部分的人都認同你才是真正的下任國主。是國主大人他們錯了。」

「不管是對是錯，打贏的就是贏家，打輸的就是輸家。」

「你不會輸的。只要書信的事傳開了，大家都會知道是國主大人理虧，支持你的人會越來越多，所以你一定會贏，一定能當上國主。」

那雙漂亮的眼睛凝視著有間。

（原來如此。美矢比很清楚狀況。）

有間如此確信。

「剛才那孩子叫與理賣，妳就當她的姊姊吧。」

有間轉身走向正殿，美矢比朝著他的背影開心地喊道：

「好的！好的，有間！」

壹岐說著「太好了」，美矢比開心地回應。有間一邊聽著他們的對話一邊漸漸走遠。

美矢比明明毫不在意壹岐，為什麼壹岐還這麼在乎她的心情，拚命地幫助她？

（壹岐又不笨，也不是單純的老好人。）

因為壹岐的母親是俘虜，所以他一直被父親和兄長們看不起，但他始終以玩笑話和愉快的笑容面對一切，這導致父親和兄長們都把他當成「聽不懂侮辱的蠢貨」。事實正好相反，壹岐就是因為擁有足夠的忍耐力、理性和智慧，才會選擇用這種方式面對。

如果他真的是個蠢貨，多半不會喜歡從地穴回來的有間。正是因為他懂得忍耐，才會對有間有共鳴。

持續受到血親的羞辱，不可能沒有半點氣憤及憎恨，也不可能像個老好人一直懷抱著樂觀單純的想法。

（這麼說來，壹岐對美矢比表現出那種態度是一種策略嗎？）

壹岐是不是在期待，即使美矢比現在不把他放在眼裡，只要耐心地慢慢吸引她的注意，她遲早會注意到他……

無論壹岐的心情是哪一種，有間都不能理解。話說回來，有間本來就不懂情愛這回事，雖然他對皇尊求過親，但那只是隨口說的玩笑話。

有間在地穴看過、體驗過類似情愛的東西根本和暴力沒兩樣，所以這種事只會令他厭惡，絕不可能理解。

□□□

咻的一聲，箭矢撕裂空氣。

有間製作的弓箭很精良，只要把弓拿穩、瞄準目標、放出箭矢，就能射下像小鳥那種尺寸的東西。

有間外出時陪在與理賣身邊的年輕屬下這樣教導她，所以與理賣總是帶著弓箭，射箭落空，跑出去撿，接著又射，又落空，又去撿，如此反覆不斷。

過了幾天，她第一次射中了小鳥。

看到落到地面的小鳥身上插著箭，悽慘地拍著翅膀掙扎，與理賣嚇壞了。

她覺得自己做了壞事，難過得淚眼汪汪，此時年輕屬下跑過來，把插在鳥上的箭深深刺入，給牠一個痛快，然後拔起箭放到與理賣手中。他說「不可以濫殺無辜」，接著又說「那個倒是可以盡量殺，這也是在幫助大家」。他指著圍繞著柵的土牆上的褐色小鳥，那種鳥的翅膀很小，不太會飛，總是聚集在土牆上跳來跳去。

那種鳥叫作杙，牠們會看準時間跳到地上，成群攻擊貓狗，吸食血液，有時還會攻擊人，讓居民吃了不少苦頭。

從此以後，與理賣每天都在射杙，射中的次數逐漸增加。

她向有間報告自己射中多少隻，有間都會摸她的頭，開心地說「真是個可靠的小姐，有勞妳了」。

相較之下，美矢比看到與理賣射杙卻皺起了眉頭。

「真可憐，就算是杙也一樣。妳射箭一半是為了好玩，這樣動物太可憐了。」

與理賣生氣地回嘴：

「難道美矢比覺得被杙啄掉眼睛比較好嗎！」

大路急忙勸阻「小姐，這樣太失禮了」，美矢比說著「沒關係」，柔和地露出無奈的表情，但這樣反而讓與理賣更不高興。美矢比很漂亮，而且她好像很喜歡有間，老是黏在有間身邊，與理賣每次去向有間報告射下了多少杙，美矢比通常都在一旁。

所以她很討厭美矢比。

今天與理賣又射下了三隻杙，她想去向有間報告，但是在深橘色夕陽照耀下的柵裡找來找去，都沒有找到有間。

（兄君去哪裡了呢？）

與理賣到處亂跑的時候明明沒有擔心過，找不到有間時卻突然感到不安。

自己或許被拋下了。又一次被拋下了。

她知道有間不會拋下她，但小時候一次又一次被父母拋下的經驗讓她不禁擔心起來。

與理賣抱膝坐在外郭西樓的陰影處，看見伙夫們捧著裝了炭的石盆走向殿舍。反封洲的夏夜偶爾會吹起令人發抖的冷風，這種時候要立刻燒麥桿讓屋內變暖，所以要事先備好木炭當作火種。點燃的木炭在十刻之內不會熄滅，若是天氣變冷，隨時可以把麥桿放下去燒。雙夏麥飽含油脂，用木炭就能輕易點燃麥桿。

人們各司其職，活力十足地工作。與理賣正在羨慕地看著他們，美矢比走了過來。

「妳在這裡做什麼？進屋裡吧。」

與理賣故意不看她，從鞋尖露出的骯髒腳趾頻頻蠕動。

「我有瓜喔，很甜的，我叫伙夫切一點給妳吃。」

美矢比懷裡抱著一顆橢圓形的黃色的瓜，不知道是誰送的。

蟬不停地鳴叫，彷彿捨不得太陽下山。美矢比瞇起眼睛。

「奧瀨柵的涼鳴真是特別好聽。」

「兄君呢？」

「兄君？妳是說有間嗎？他還沒回來。有間現在很忙，因為國主大人他們可能會打過來，現在有很多準備工作要做，所以妳不能給他添麻煩喔。」

與理賣把下巴靠在膝上，注視著強烈反光炙燒著臉頰、蓋滿沙土的地面。

「妳想回龍之原嗎?很寂寞嗎?」

美矢比誤以為與理賣是在思念故鄉，離題地問道。

與理賣雖然想念龍之原，但是在這裡更快樂。

當然，她經常回憶龍之原的人事物，想和居鹿說話，想再見到皇尊和悠花，也想再見到和她交朋友的那條龍。奇怪的是，她在祈社時那麼思念父母，那麼渴望回到他們身邊，離開龍之原後卻不怎麼想念了。仔細想想，她和父母根本沒有相處過多久，和居鹿及護領眾在一起的時間還比較長，所以她當然比較思念相處更久的人。皇尊、悠花，以及那條龍都對她很好，所以她當然也思念他們。

與理賣的心中漸漸放下父母，所以對龍之原的依戀也跟著減少了。

美矢比見與理賣沒有反應，以為這是默認的意思，就繼續說：

「沒辦法。因為妳是個壞孩子，才會被趕出龍之原，所以妳只能忍耐。」

「不是!」

與理賣站起來大喊。

「我才不是壞孩子。」

「妳一定是做了壞事，皇尊才會……」

「雖然我做了壞事，但我不是壞孩子。因為皇尊說過我是好孩子！」

與理賣知道自己做了壞事。但她做壞事並不是因為她是個壞孩子。

雖然她是個好孩子，但是做了壞事。

所以皇尊把她託付給有間。只要她將來贖清了自己犯下的罪，就能再回到龍之原，再見到皇尊。皇尊還跟她說了「將來一定會再見」。

「我最討厭美矢比了！」

與理賣大喊，跑向籠罩著橘光的風景之中。

□　□　□

「有間兄君，你不覺得奇怪嗎？父國主和透谷兄君、敬谷兄君到現在都沒有任何動作呢。」

被這麼一問，有間點點頭。

有間宣布自己是下任國主至今已經十天了。

只要屋人和透谷願意，短短幾天就能整軍完畢，可以想見他們一定會立刻出兵攻打奧瀨柵，來取有間的人頭。

可是他們至今都沒有行動。奧瀨柵派出的探子回報，大蓋和北門津的軍隊都已經整裝待發，卻一直按兵不動。

「這是為什麼呢，兄君？」

「……可能是在等什麼吧。」

有間雖然這樣猜想，但他自己也不明白。

大蓋和北門津的糧草和士兵都已準備妥當，不像有間他們還得仰賴奧三郡人民的幫助，緊急號召能打仗的男丁，倉促地組成軍隊。

說不定是因為國主一派和御前眾的對立造成大蓋的軍隊無法出動，不過就算是這樣，也可以只出動北門津的軍隊。難道他們打算靠人數取勝，所以還在等大蓋的軍隊出動嗎？可是再繼續拖下去就等於給有間時間做好迎擊的準備。

（既然已經整軍完畢，隨時都可以出動。為什麼他們寧可給我準備的時間都要等下去？）

有間騎著馬，和壹岐一起進入南門。強烈的斜陽從左邊射來，臉頰和手背被晒得發燙。他在強光之中瞇起眼睛，突然看見一條小小的人影從西邊衝到大殿正前方，鑽入廊臺底下。

「那是與理賣嗎？」

壹岐看著廊臺下方說道，接著又望向西側的庭院。

「美矢比？」

美矢比抱著瓜跑來，多半是在追與理賣。她一看見有間和壹岐就露出尷尬的表情，放慢腳步走向他們。

「有間，壹岐，你們回來啦。」

有間和壹岐下了馬，馬夫立刻來把馬牽走。

「怎麼了？與理賣發生什麼事了？」

「與理賣什麼事都沒有。不過我好像惹她生氣了。她剛剛對我說她最討厭我了。」

「只是小孩子說的話，不用放在心上。」

壹岐笑著摸了摸美矢比的背。

美矢比望向有間，期待他說些安慰的話，有間卻說：

「是妳自己說要當與理賣的姊姊，妳就努力和她相處吧。如果與理賣願意，說不定我將來會收養她，到時她就是我的孩子了。」

「兄君，你要收她當養女嗎？」

「只要與理賣願意當我的孩子。」

有間最近一直在想這件事。

與理賣是個有趣的孩子，她越來越強悍了，有間認為這個嚴苛的環境比龍之原更適合她，甚至想對她說「乾脆一輩子都待在這裡吧」。

與理賣是和皇尊有血緣關係的小姐，遲早會回去龍之原，即使不會很快離開，但她總有一天要走。如果她會在這裡待很多年，有間想要給她一個明確的身分，而不是卡在「從龍之原來這裡借住」的尷尬位置。

「什麼養女嘛，你連妻子都沒有呢。如果你將來生了孩子，沒有血緣關係的養女反而會落入難堪的處境喔。」

美矢比沒想到有間竟有這種想法，她滿臉驚訝，然後聳起肩膀如此說道。有間輕輕一笑。

「即使有血緣關係也無法保證處境不會難堪。何止如此，甚至可能被殺掉。」

美矢比聽到這話，愕然地摀住嘴。有間覺得此時正是好機會，就趁機說道：

「我不打算娶妻，也沒想過要生孩子……應該說，我不可能生孩子。所以妳擔心的狀況不會發生。」

「咦？等、等一下……」

有間正要離開，美矢比一把抓住他的手。

「你不打算娶妻？為什麼？你不是要娶我為妻嗎？」

「我什麼時候說過要娶妳為妻了？」

「你沒說過，但我說過很多次要當你的妻子。」

「我沒有那種打算。」

「那你當上國主之後要怎麼辦？要讓誰來繼承？」

「到時再找適合的人來繼承就好了。反正皇尊也沒有繼承人，繼承的人也不見得一定要有我的血脈，或是伴氏的血脈。」

因為太過驚訝，美矢比不由得放開了手。

有間丟下嘴巴半張的壹岐和錯愕的美矢比，走向正殿東側，盯著廊臺下方說：

「與理賣，出來。」

黑暗之中寂靜無聲，但感覺得出來裡面有人。

「出來。」

廊臺底下發出在土上爬行的沙沙聲，一張哭泣的小臉露出來。她臉上的淚痕沾滿了沙子。

「兄君，我是壞孩子嗎？」

「皇尊是怎麼說的？」

「皇尊說……我是好孩子。」

有間微笑著伸出手。

「那妳就這樣相信吧。妳是很堅強的。」

小小的手握住有間的手，她的手熱得像是吸收了太多夏天的陽光。有間把她從廊臺下拉出來，讓她站好，幫她拍了拍膝上的沙子。

「少主。」

和有間一起去過龍之原、跟隨他多年的屬下一臉疑惑地走過來。

「怎麼了？」

「東二想要見您。」

有間驚訝地睜大眼睛，回頭看著屬下。

「你說什麼？東二不就是那個……」
「是的，就是逆封洲的商人。」
他們從逆封洲回反封洲時，搭乘的是東二的船。有間會這麼訝異，是因為經營貨船的商人沒有任何理由來到既無商業貿易又貧窮的奧三郡。

三

「久未問候，伴有間大人。我很久沒來奧三郡了，這地方還是這麼有意思，到處都是骨喰，我還被杙咬了耳垂。」
身材矮小、體態渾圓的東二用高亢的聲音說個不停。
「您在北門津的前兩個渡口下了我的船，後來是否平安無事……哎呀，不對，您現在好端端地在我眼前，我真是問了個蠢問題。」
東二拍了一下自己的額頭，哈哈大笑，不知道有什麼好笑的。
奧瀨柵的正殿是杉柱所建的樸素建築物。
整齊羅列的柱子雖然粗大，但到處布滿傷痕，那些是過去屢次受到鄰國摧殘時留下的痕跡。

奧瀨柵位於一片窪地。

大約在有間接管奧瀨柵的五年前，鄰國的軍隊攻打過來，不只殘殺柵裡的人，還屠殺了里鄉的平民。人們拚命逃進柵裡尋求保護，但是因為奧瀨柵處於窪地，最後軍隊殺了進來，據說當時柵裡的景象簡直是慘不忍睹。

屋梁沒有天花板遮蔽，梁柱被煤煙染得漆黑。冬天必須拆開一部分地板，在底下的石爐燒炭取暖，否則正殿根本冷到無法使用。

在這粗陋而殺風景的殿內，迴盪著商人熱情客套的聲音。

大門是開著的，有些風吹了進來。天已經黑了，有間和東二的周圍只有四盞燈臺，火苗搖曳不定。風十分涼爽，奧三郡的夏夜有時還是很冷。

如蹣跚般飄忽不定的小小飛蛾圍繞著火苗，燒毀了翅膀，掉在地上。

有間在樸素棉布隔簾前方的蒲團坐下，靠著憑几，撐著臉頰，面無表情地望著臉上堆滿笑容的東二。

侍立在一旁的壹岐也疑惑地盯著東二。

有間覺得披在肩上的白髮令人煩悶，輕輕撥到身後，開口說道：

「我一上船，你就知道我是伴有間吧？」

「是的，我當然知道。我沒發現才奇怪咧。」

「你在北門津沒有被我弟弟透谷和敬谷刁難吧？」

「船在進港之前被擋下來，船夫都嚇壞了。但我告訴他們，像是有間大人的人在前兩站的葦封洲渡口下船了，我還幫忙找船載你們回逆封洲，他們就讓我們進港了。」

東二確實是這樣告訴透谷他們的，而他們也相信了，證據就是有間出現在大蓋之前，透谷、敬谷、國主屋人只把注意力放在北門津。

「你為什麼跟透谷他們這樣說？」

「啊？怎樣說？」

「你不是跟他們說我又回逆封洲了嗎？」

「不，我可沒說您折返了，我只說我幫『像是有間大人的人』找到了回逆封洲的船。如果他們以為您折返了，那只是他們自己誤會或過度解讀。」

有間費了不少工夫，誘使東二以為他們要返回逆封洲，並把消息放給透谷他們。結果也和他的計畫一樣。

但是……

「你根本不相信我們要折返，但你卻對透谷他們說我折返了，這是為什麼？」

若非如此，東二不會立刻回答「我可沒說您折返了」。他老早就想好開脫的說詞了。

東二臉上笑咪咪的。

「你大可告訴透谷說我在前兩站的渡口下船，還故意說得好像要折返，可見一定是準備回反封洲，而且是要從北門津以外的地方悄悄回國。這樣你一定能得到獎賞。身為追逐利益的商人，你為什麼不這樣做？」

「就因為我是個追逐利益的商人。」

東二換了一副表情，眼神變得很銳利。

「我看得出來，靠向哪一方更有利。」

「你應該不會不知道現在的國嗣是透谷吧？而且父國主還想要置我於死地。」

「連別國的人都知道御前眾支持有間大人成為下一任國主，因為有很多大臣也是這樣想的。顯而易見，站在大多數人支持的那一方更明智。再說……」

東二抬頭望向黑漆漆的屋頂。

「我很懷念房子裡的煤煙味道，這就是奧三郡房子的味道。我是在北奧郡出生的。」

「你不是逆封洲的商人嗎？」

壹岐忍不住問道，東二點頭說：

「逆封洲的法律給了商人很多方便，所以我剛開始從商就選了逆封洲做為據點。有很多人都誤會了，我也懶得解釋，乾脆自稱是逆封洲的商人。」

東二把視線移回有間身上，微笑著說：

「我知道有間大人當上郡主之後，奧三郡改善了不少。如果您比我早十年出生，而且提早三十年當上奧三郡的郡主，或許我的父母、妻子和孩子都不會死了。」

「我沒有你想得那麼了不起。我確實不想讓人民餓肚子，但這並不是出自憐憫、仁慈、純粹的體貼，而是出自痛恨和憤怒，因為我想要做到折磨我的人做不到的事。」

原本盤著腿的有間豎起單膝，身體前傾。

「聽好了，東二。我五歲時被打入地穴，在地底下待了十年，在我的心中有很多不正常的地方，所以你最好不要把我想得太善良，連父國主都稱我為白邪喔。」

有間惘嚇般的眼神和語氣讓壹岐的表情都變僵了。

東二不為所動地注視著有間。

「我期待的不是一個善良的國主。只要是對人民有好處、對我也有利的國主，無論他多麼不正常，多麼扭曲，我都不在乎。就是因為這樣，我才會覺得站在您這邊比較好。」

東二揚起嘴角。

「您有成為國主的機會和器量，既然我有機會賣人情給您，當然不能輕易放過。我要賣給您這個人情，賺取可觀的回報。」

東二把手伸進懷中，拿出折起來的信，攤開放在杉木地板上。

「有人在逆封洲的戶津請我把這封信轉交給您。我沒問這封信是誰寫的，但我覺得應該是龍之原的大人物，因為信上有白杉的香氣，寫信之人一定是住在瀰漫著白杉柱香氣的地方。」

壹岐走過來拿起信件，交給有間。

有間聞到了白杉的味道，那紙張光滑的觸感也令他覺得很熟悉。

（是皇尊！）

他急忙展信，迅速讀完，臉上露出了笑意。

「兄君，有什麼事嗎？」

「大人物也遇上麻煩了呢。」

有間抬起頭，說道：

「東二，今晚在這裡留宿吧，我明天早上會給你一封信，你幫我送去給龍之原的皇尊。除此之外，我還有另一件事要拜託你。既然你想從我的身上撈好處，那我今後也要好好地利用你。你儘管賣人情給我吧，我會讓你大賺一筆的。」

隔天早上，東二帶著有間寫給皇尊的信離開了。他是搭乘自己最快的船來到北奧沿岸，要由海路前往北門津或逆封洲都很方便。幸好現在是夏天，因為北奧沿岸的海洋從秋天至春天都布滿了白色的碎冰，船隻無法航行。

東二一定會把有間的信送到皇尊手上，因為他很可能打算藉此在龍之原得到門路，建立新的商業據點。那個人非常頑強。

（皇尊推翻了人們長久以來的成見，立在其上。她的立場一定很不穩吧。）

皇尊在信裡問了很多與理賣的事。這個小女孩是她下令送出龍之原的，她當然會關心。此外，皇尊也關切了有間在反封洲的立場和狀況。信裡寫的幾乎全是與理賣和有間的事，但也摻雜了皇尊對自己艱難處境的感嘆。

由於新皇尊即位，龍之原和其他國家的關係正在逐漸改變，如果龍之原不跟著改變，就沒辦法維持原本的立場。可是，皇尊自己也不清楚應該怎麼改變。

皇尊召喚出龍，和龍結了緣，才剛從原本跪著的地方站起來。

但她只是站了起來，還不知道要往哪裡走，而且每條路都不平坦。她的人生不可能永遠充斥著那種能召喚出龍、無法想像的神祕力量。

因為皇尊只是個凡人。

有間以一位朋友的身分給她回了信。

又過了五天，有間依然沒收到有軍隊攻過來的消息。奧瀨柵已經做好了迎戰的準備，屋人、透谷和敬谷明知他已準備萬全，卻遲遲沒有動靜，真是令人不解。

（他們到底在等什麼？）

有間實在想不到，有什麼理由讓他們寧可給敵人時間也要等下去。

這天夜裡，有間躺在日常起居的內郭後殿。

東側有一扇門開著，風從那裡吹進來。今天是滿月，明亮的月光斜斜地照進屋裡，有間床邊的隔簾棉布反射著光芒，在黑暗中顯得格外潔白明亮。雖然沒有點燈，他還是看得見自己的指尖。

殿舍後方小水池裡的蛙鳴在深夜也靜下來了。

有間並未熟睡，他正在半夢半醒時，月光突然被遮住了。

他察覺到有人走進屋裡，頓時清醒過來，正要用手肘撐著上身坐起來，一看見掀開隔簾走進來的人，他就驚訝地停止動作。

「美矢比。」

她只穿著薄絹內衫，豐厚長髮自然披垂，臉上畫了淡妝，擦了口紅的嘴唇鮮嫩欲滴。

「妳有什麼事？與理賣怎麼了嗎？」

美矢比回到奧瀨柵以後，就和與理賣及大路睡在一室。她覺得既然要當與理賣的姊姊，就該睡在一起。不過與理賣幾天前變得很討厭美矢比，還會在半夜溜出去，讓大路和美矢比急得不得了。

「與理賣已經睡了。」

「那妳來做什麼？」

有間才說到一半，美矢比突然撲到他的懷裡。

「有間，你娶我吧。」

「我不會娶妻的。」

「為什麼？」

美矢比白皙的臉龐在月光中格外嬌媚，她露出迷濛的眼神，把臉貼近有間的臉。她呼出的氣息吹到有間的嘴唇，他皺著眉頭把臉轉開。

「不需要。我的身邊只要有可以信賴的人就夠了，娶妻又沒有意義。」

「有的，結為夫妻之後就能互相信賴了。」

「我和朋友及屬下也能互相信賴。」

「那種信賴和夫妻之間的信賴不一樣。夫妻除了信賴之外還有愛。」

「我對朋友及屬下也有愛。」

「和朋友或屬下又不能生孩子。如果你當了國主，就不能不生孩子。」

美矢比的肌膚緊貼在有間的胸前，那柔軟的觸感隔著薄絹內衫清楚地傳來，令有間很不舒服。

平時的美矢比不會讓他感到不舒服，如今被她這樣緊貼，卻令他不禁戰慄。不論對象是誰，過度的碰觸都會讓他不自覺地產生排斥。

（好想吐。）

有間原本熱到稍微冒汗，此時卻覺得渾身發寒。

「妳忘了嗎？我說過我不打算生孩子。」

「我問過壹岐你為什麼會說這種話，壹岐說他也不明白，只知道你不是因為受傷以致不能生孩子。」

（她竟然去問壹岐這種事。）

壹岐非常愛慕美矢比，但美矢比或許不知道壹岐的心意，老是對他說些殘酷的話。喜歡的女人跑去跟他說想要嫁給他的兄長，還問他知不知道兄長為什麼不打算生孩子，壹岐不知道會有多傷心。

可是壹岐沒有露出傷心的表情，只是面帶苦笑，坦白地說出自己所知道的事。

有間除了反感之外，又多了一分憤怒。

「走開，美矢比。」

「不要。」

美矢比抱得更緊了，她的體溫讓有間冒出一股惡寒。
「走開。」
「不要，我不走。」
有間發出低沉的咆哮。
「走開。」
「請別這樣說。」
「……再不走就殺了妳。」
有間聲音沙啞。深藏在他體內的某些東西像蟲子一樣緩緩鑽了出來。
「咦？」
美矢比像是不敢相信自己聽見的話，漂亮的眼睛仰望著有間。
「什麼？有間，你剛剛說什麼？」
「我會扭斷妳的脖子。」
「有間？」
「我要先扭斷妳的脖子，再把屍體拋進河裡餵宮魚。」
美矢比害怕地站起來。

「怎麼了?我哪句話惹你生氣了?」

有間沒有回答,默默地凝視著美矢比。

快走。他在心中默默說道。如果美矢比繼續糾纏,繼續待在這裡,他或許會真的忍不住掐住美矢比的脖子。

「有間……」

美矢比的聲音害怕地顫抖。

「妳的脖子那麼細,簡單得很。」

美矢比退後兩步,背部碰到棉布隔簾,她似乎嚇了一跳,發出小小的驚呼,轉身跑出去。

(鎮定點。)

有間抓著蓋在膝上的衣服,重複地深呼吸。

美矢比是他的表妹,他知道美矢比傷不了他,但是面對著容貌美麗的美矢比,他的心中卻充滿了對醜惡野獸才會有的憎惡。不管對方是誰,他都會產生這種反應,過了片刻就會消失。

就算身體沒有傷,他這種情況怎麼可能生孩子呢?

抓著衣服的拳頭用力到顫抖。他身體前傾，白髮落在顫抖的手背上。

他沒有半點想要生孩子的念頭。在地穴裡不斷糾纏有間的那種東西一冒出來，就會令他痛苦不堪。他深深期盼再也不要看到、再也不要感受到那種東西。

「……少主！」

門外傳來喊叫。有間從隔簾縫隙看見郡目跪在外面廊臺上。

現在是深夜，而且從郡目迫切的語氣聽來，一定發生什麼大事了。有間努力保持語氣的平靜，以免被人察覺到自己的異狀。

「怎麼了？」

「我們派去南郡的探子剛剛回到奧瀨柵，他說敬谷大人的軍隊正要攻向奧瀨柵。」

「人數呢？」

「五千人的軍隊，共有三軍，總數一萬五千人。大將是敬谷大人。」

「三軍？父國主和透谷也把自己的常軍交給敬谷了？」

反封洲每個郡都有一支軍隊。就算沒有戰爭，還是需要有人負責取締犯罪和守衛，所以平時也要備有軍隊，稱為常軍。

有間治理的奧三郡包含了三個郡，依照反封洲的法律，有間也有三支軍隊。

不過奧三郡的軍隊規模較小，每支軍隊最低人數只有三千，所以三隊加起來只有九千。

有間默默算起敵軍的數量以及行軍速度，心中的感情就逐漸減少，像是被漆黑的某種東西蓋住了。

只要看著眼前，就不會再注意自己的內心，所以有間總是盯著阻擋在自己眼前的東西，不斷邁進。

「為什麼大將是敬谷？」

「若要憑蠻力進攻，由勇猛過人的敬谷大人擔任大將也不奇怪啊。」

「從正面憑蠻力進攻嗎？」

敵軍數量比他想得更多。

「他們先前一直沒有動靜，一定是為了集結三軍來攻打我們。」

郡目說的話讓有間皺起眉頭。事情有這麼單純嗎？

不過，奧三郡的軍隊確實沒有多到足以抵抗敵軍的正面進攻。

（看來是無法避免損害了。）

有間下定決心。

「天亮之後，向奧瀨柵及附近的里鄉下令，捨棄這裡，逃向中奧柵。這裡即將成為戰場，趕緊帶著重要的東西離開。郡掾也要去中奧柵幫忙安置人民，奧瀨柵的事就交給你，沒問題吧？」

「沒問題。」聽到郡目的回答後，有間沉默了一下，接著開口說道：

「還有……」

有間盯著蓋在膝上的衣服，下令說：

「準備麥桿。」

郡目發出愕然吸氣的聲音，但還是馬上回答「遵命」。

三軍共一萬五千人，行軍得花很多時間。

敬谷從南郡行軍到奧瀨柵所在的北奧郡東南邊，需要三天時間。比起北門津或大蓋，從南郡的郡家永手柵去奧瀨柵還比較近。

不過南郡和北奧郡之間還有一個郡，稱為閒戶，軍隊得先經過這裡。閒戶郡的郡主是前任國主的異母弟弟，屋人的叔叔，也是御前眾的其中一人，名叫伴安人。

以佐佐九野為首，再加上伴安人和蘇門真壁，這三位御前眾都支持有間，敬谷的軍隊想要通過閒戶郡，就必須獲得支持有間的伴安人同意。

此外，要出動一萬五千人的軍隊需要用大量推車來運送糧草，行軍速度很慢，要完成布陣一起攻向奧三郡也不容易。

敬谷想必也很清楚。

要是沒把握能通過閒戶郡，大軍不可能出動。

他們一定事先準備了和閒戶郡郡主談判的籌碼。能說服支持有間的閒戶郡郡主的籌碼。

（能說服伴安人的籌碼是什麼？）

有間認為，這個籌碼和他們先前一直按兵不動的理由必定有密切的關係。

（敵軍若能通過閒戶郡，應該會用一千人左右的隊伍發動快攻，為後方的大軍開路，並夾帶著後方大軍的威勢殺進北奧。）

首戰應該是不分輸贏，可是如果拖拖拉拉地打下去，後方的大軍遲早會到來。

奧瀨柵附近里鄉的女人和老人都開始逃難了。人們拉著孩子，拉著老人，抱著雞籠，牽著山羊，背著小包袱，翻過山丘，前往中奧郡。

奧瀨柵位於窪地，周圍的丘陵不高，坡度也不陡，但全是雪檜葉樹林，沒有筆直的道路，很容易迷路，林中還有成群的骨喰，絕對不能掉以輕心。骨喰對血腥味和腐臭味很敏銳，如果有人受傷了，骨喰就會一股腦兒湧來。

敬谷率領三軍從南郡出發的消息傳來之後的第四天清晨。

窪地之中迴盪著嘈雜的人聲和家畜的鳴叫。

奧瀨柵的士兵從一大早就忙著幫逃難的人民清除障礙，指引他們安全的路線。有幾位士兵拿著弓箭走進山路，那是為了防範骨喰出沒。

雙夏麥的田地還沾著露水，人們魚貫地從田地後方的小徑走向山上。

有間坐在田邊的石頭上，看著這幅景象。

（太可惜了。）

他摘下身旁的一片麥葉，用指尖搓揉，雙夏麥的油脂含量很高，稍微搓一下就會感到指尖變得滑膩，並且散發出一股青草味，有很多蟲子排斥這種味道。雙夏麥即使只剩麥桿，油脂也不會流失，可以做成不怕蟲蛀的優質乾草。

（柵附近的麥子應該沒辦法收割了。）

唯一值得慶幸的是，就算發生最壞的情況，較遠的田地也不會遭到破壞。因為敵人的目標是有間的人頭，只要他待在這裡，戰場就會鎖定在這裡。

里鄉的人民已經開始逃離，但柵裡的人民還沒走。在敵軍逼近奧瀨柵之前，他們會繼續為守在柵裡的士兵工作。

「里鄉的人差不多都走光了。」

壹岐從柵裡沿著田間小徑走來，對有間說道。

「做得好。」

聽到有間的稱讚，壹岐平時總會開朗地回答「這沒什麼」，此時他卻露出擔心的表情。

「美矢比不肯走，她說現在還不需要逃走。我說她得跟與理賣一起避難，最好快點走，但她就是不聽。」

在那一晚之後，美矢比沒再來跟有間說什麼，但有間不時會感覺到她一直盯著他看。

「你繼續照我的吩咐，把她盯緊一點。」

「是的，我知道。」

有間抬頭看著站在一旁的壹岐。

「再過不久就要開戰了，你現在想反叛還來得及。你要帶著我的人頭去大蓋嗎？」

「要取有間兄君的人頭一定會很辛苦，還是算了。」

壹岐露出苦笑，接著又說：

「再說，我帶著兄君的人頭去投誠或許會得到讚賞，但不到十天又會被稱為俘虜，結果我還是一樣會被當成俘虜之子，受人嘲笑和輕視。我從出生就被蓋上了應受鄙視的烙印，他們對我的態度大概很難改變了。」

壹岐盯著高達腳踝的皮靴的前端，苦笑著說。

「我視為家人的只有有間兄君一個人。兄君平等地看待所有人，不會給人蓋上烙印，我很訝異竟然會有這種人。兄君還記得初次見面時對我說了什麼話嗎？」

「我說了什麼話？」

「兄君凶巴巴地問我『為什麼要笑？』。」

有間隱約想起來了。

他從地穴裡被救出來一百多天以後，被九野帶到了大蓋城。在此之前，他的身心狀況都不適合出席公開場合，但九野覺得他有必要定期去向父國主打招呼，所以還是做了安排。

到了大蓋城，有間見到一位被透谷稱為俘虜的少年，但是他的穿著怎麼看都不像俘虜，應該是自己的異母弟弟。透谷離開以後，少年依然獨自站在原地傻笑。

有間的心中冒出熊熊的怒火，揮開九野的手，大步朝少年走去。他問少年「為什麼要笑？」，接著又說「發怒吧」。

「你還對我說『發怒吧，這是容許你發怒的地方』。」

只要不是在地穴裡，無論遇上任何事都能逃得遠遠的，若想作戰也能找到武器，不管怎樣都有辦法存活下去，所以看到壹岐受人羞辱還要陪笑臉讓有間非常氣憤。明明活在受到傷害可以發怒或反抗的地方，為什麼不這麼做？

當時的有間只知道地穴裡面和外面這兩個地方，所以他很單純地拿兩者來比較。

「會對我說這種話的，只有有間兄君了。」

「會主動要求來貧窮的奧三郡擔任郡介的，也只有你了。」

有間被任命為貧窮奧三郡的郡主之後，御前眾九野以外的臣子都覺得他被國主捨棄了。既然國主這麼不喜歡有間，巴結他也得不到好處。

可是壹岐成年後，要以國主之子的身分任職時，他卻主動說要擔任奧三郡的郡介。

國主之子通常會被任命為郡主，但是壹岐的母親身分卑賤，屋人不打算讓他當郡主，只准他當個臣子。或許屋人對壹岐還是有些憐憫，特地問了他想在哪裡做事，無論他想在屋人身邊當個帶刀侍衛，或是進入國府工作，都可以自由選擇。

然而壹岐卻表示自己想當奧三郡的郡介，屋人嗤笑「真是個蠢貨」，就答應了他的要求。

有間得知此事非常高興，因為他有一位值得信任的親人了。有間本來覺得自己受到父國主的忌憚和排斥，血親之中一定沒有人可以信任，甚至覺得反正自己也不需要親人，或許是因為這樣，壹岐的決定更令他喜出望外。

「是啊，因為我太纖細脆弱，待在奧三郡這種人少的地方比較舒服。」

壹岐還開玩笑地咳了兩聲，有間笑著說「別說蠢話了」，輕拍他的腰。

這時他突然看見長滿雪檜葉的山稜後方冒起細細的狼煙。

「壹岐！」

有間站起來指著山上，壹岐跟著看過去，驚訝地倒吸一口氣。

「是敵襲的信號！怎麼會這麼近！」

第四章　節書高懸

一

有間領著可以立刻出動的五十騎人馬衝出奧瀨柵，越過窪地，翻過南側的丘陵。視野頓時開朗，眼前出現東西向的山谷，以及流過谷底的河川。

河川南側緊鄰山地，山腰上開闢了一塊平地，因為那裡有一個鄉，如今那個地方卻飄舞著陌生的鮮黃旗幟。

那是南郡的郡旗。

升起狼煙的地點是黃旗所在的山腰更東邊的山頂。鄉裡雖然有士兵駐紮，但他們大概抵擋不住敵軍的突襲，只能倉皇逃跑，勉強送出信號通知奧瀨柵。

「為什麼會任由敵軍來到這麼近的地方？派到鄉裡的士兵是怎麼了？」

壹岐會氣到大吼也是情有可原。

有間抓著韁繩的手也握得非常緊。

基於閒戶郡的郡界到奧瀨柵之間各里鄉的配合，他們在每一處派出了幾名士兵。這些士兵平時住在里鄉，如果有敵人攻來，他們就能保護自己的故鄉，並且通知奧瀨柵有敵軍逼近。

可是敵軍都來到奧瀨柵附近了，先前卻一直沒有收到任何警訊。

（為什麼沒有消息傳來？）

應該不是遭到屠殺。要毀掉整個里鄉很麻煩，還要耗費很多時間，而且一定會有人逃脫，就算士兵無法通報，逃跑的人民也會把敵襲的消息傳出去。

所以唯一的解釋就是里鄉的人民選擇默默看著敵軍進犯。

（為什麼？）

人民不可能忘記有間成為奧三郡郡主之前的情況，故鄉好不容易開始變得富足，他們一定不希望再回到從前的處境。看到軍隊來討伐有間，人民就算不抵抗，至少也會偷偷送信給奧瀨柵，到底有什麼理由讓人民連報信都不敢……

「少主，您看那裡！」

一個眼尖的人指著河川對岸的山坡。大約有一百騎人馬從樹林中的蜿蜒山路衝下來，到了通往河邊的大道，有幾個人舉起黃色軍旗，跑在最前面的人挺著胸，舉著紅底黑字的反封洲國旗，傲然地策馬行向河畔。

在最前面拿著國旗的正是敬谷。

有間挑起眉毛。不是因為他認出那人是敬谷。

而是因為他看見自己的屬下雙手被綁在身後，坐在敬谷後方那匹馬上。那是跟他一起去過龍之原，和與理賣很親近的年輕屬下。有間之所以看得出來，是因為那人褲子的顏色，而且他駐紮的據點就是敵軍占領的那個鄉。年輕屬下是在那個鄉出生的。他上身赤裸，虛弱地低著頭。

「伴有間！」

一百騎人馬在河畔一字排開，敬谷在正中央舉著國旗大喊。他穿著厚厚的皮衣，外面披著鋼片串成的胸甲、臂甲、脛甲，頭上戴著打磨過的鋼盔。

而且敬谷在河川對岸，弓箭沒辦法從這裡射到他。或許是因為不用擔心弓箭，敬谷甚至前進到水邊。

他知道有間就在山丘上。

現在日正當中，有間的白髮在陽光之下會很顯眼。

「我奉父國主之命給你帶來恩赦。出來，有間！」

咬緊的牙關發出厚重的聲響。

即使敬谷說出恩赦什麼的蠢話，有間也沒義務出去陪他演這齣鬧劇。這一點敬谷早就料到了，所以他抓來有間的屬下做為無言的威脅，意思是「如果你不出來，你應該知道這個人會有什麼下場吧」。

（他不惜做到這種地步，也要我陪他演這齣鬧劇？）

有間朝著騎馬跟在旁邊的壹岐使了個眼色，在他耳邊低聲說幾句話，壹岐輕輕點頭。

他大喊「走吧」，踢了馬腹，五十騎人馬同時衝出去。其中只有一騎是往奧瀨柵的方向跑，那人正是壹岐。

有間帶著四十九騎人馬衝下山丘，但半途又拉住了馬，像是在吊敵人的胃口，花了很多時間慢吞吞地來到河邊。

有間一邊拉著韁繩控制浮躁的馬，一邊望向對岸的屬下。那人的模樣非常悽慘，腹部和肩上都有大片瘀青，低垂的臉也是鼻青眼腫，差點讓他認不出來。

「敬谷，你把我的屬下折磨成這樣，還好意思說什麼恩赦。你是在跟我說笑吧？」

為了不被流水聲蓋過，有間大喊著嘲諷敬谷。

個性急躁的敬谷露出明顯的怒容。

「伴有間，你是擾亂央大地秩序的大罪人的爪牙，甚至有可能毀滅反封洲，原本應該被斬首才對，但國主特別開恩，准你自盡。我在此命你立刻交出奧瀨柵，然後自行了斷。」

聽完這番話，有間沉默了一下，然後按捺不住上湧的情緒，仰天大笑。

「你真是個蠢貨呢，敬谷！還是叫透谷來吧，他一定能說出更好的笑話。」

笑完以後，有間瞪著河川對岸。

「叫我自盡？你以為我會乖乖照辦嗎？」

「你顯然還沒意識到自己犯的罪哪，有間。你協助了擾亂央大地秩序的大罪人，和那大罪人一起犯下傾覆反封洲之罪。看吧！」

敬谷將單手拿著的國旗舉得更高。

強烈的陽光照耀著繫在旗桿頂端、包著白絹的竹筒。

（那是什麼？）

一般來說，國旗上面不會掛其他東西，而且那包著白絹的竹筒還裝模作樣地掛著絹絲穗子。

「這是真正該成為皇尊的不津王所賜下的書信！」

不津王。

聽說他是與理賣的父親，和日織競爭過皇尊之位，但最後失敗了，又不願歸順新皇尊，所以離開龍之原去了附孝洲。

那個人又怎麼了？

敬谷搖晃著旗桿，像是在展示上面的書信。

「有間！你從龍之原帶回來的書信，是靠著種種錯謬而登上皇位的僭偽皇尊寫的，真正應該成為皇尊的是不津王。這位大人賜下的書信寫著你手中的信是出自僭偽皇尊之手，絲毫不能代表地大神的神威和旨意。」

敬谷的宏亮聲音在河面迴盪。

「你高舉著僭偽皇尊的書信。如果僭偽皇尊繼續在位，央大地的秩序就會崩毀，巴結僭偽皇尊的你也是大罪人。」

「說什麼僭偽，真是大逆不道。」

和有間一起去過龍之原的屬下在一旁喃喃說道。他也親眼見識了皇尊召喚出龍的那一幕，當然無法接受別人說那一位是僭偽的皇尊。

除了站在滿天打轉的龍群之下的那位女性，再也沒有其他皇尊。

不過，央大地之中只有極少數的人看過那一幕。

「原來是這樣，難怪那些傢伙可以輕易踏進奧三郡。人民一定都被嚇住了，才會讓他們通過。」

龍之原目前在位的是僭偽的皇尊，真正應該成為皇尊的另有其人。

敬谷帶著那位大人賜下的書信，高懸在旗上，憑藉著這份威勢進軍。有間是阿諛巴結僭偽皇尊的罪人，而僭偽的皇尊會毀壞央大地的秩序，所以必須讓軍隊經過。

人民都支持有間當郡主，但敬谷拿出了真正該成為皇尊之人的書信，他們無法判斷那東西是真是假，是正確還是錯誤。

舉著國主旗幟的人恭恭敬敬地把書信高懸在旗上，沒幾個人敢質問書信的真實性。愕然的人民之中只要有一個人相信，這敬畏的態度就會擴散出去，人們陸續俯伏在地，就算有人懷疑也不敢隨便出言否定。
就連身為御前眾之一的閒戶郡郡主伴安人都讓敬谷通過了。
因為他們都很敬畏地大神。
「我們手上有真正應該成為皇尊的大人賜下的書信——節書。我們是持節之軍，征討之軍。」
聽著敬谷得意洋洋的宣告，令有間深感厭惡。
真是個冠冕堂皇的騙局。
國主屋人和透谷先前一直按兵不動，原來就是為了這個理由。
有間握有皇尊的書信，為了與之抗衡，他們一直在找尋能讓皇尊書信失效的另一個力量。
那就是和皇尊爭奪過皇位的不津王。
他們去附孝洲見不津王，說明事由，和他談了條件。
不津王尚未放棄皇位，所以他們答應鼎力相助，藉此換取書信。他們把不津王的書信當成真正皇尊的書信，聲稱有間手中的書信是僭偽皇尊寫的。
（錯不了，這個計謀一定是透谷想出來的。）

最害怕又最厭惡有間的是屋人，但是最想殺死有間、為屋人出謀劃策的必定是透谷。透谷掌管著能以海路和別國往來的北門津，只有他會想到可以利用不津王，也只有他擁有這個管道。

「少主，這……」

屬下的語氣透露出心中的焦慮。

有間擁有御前眾的支持，又得到了皇尊的書信，所以臣子和人民都覺得有間才是名正言順。正如東二所說，即使中間有很多曲折，以長遠的眼光來看，還是多數人支持的那一方比較有利。

如今對方自詡為持節之軍，雙方的立場就扭轉了。

他們宣稱持有節書，借用了龍之原和地大神的威勢。至於這節書是真是假，有幾分真實性，旁人根本無從分辨。

不過，這一點連有間手中的書信也一樣。

所以只要掛上冠冕堂皇的名號，做足了派頭，自信十足地向前猛衝，看起來就會像是真的。

這一招會讓多少支持有間的人變節呢？

（透谷很聰明，簡直聰明過頭了，竟能想出讓我手上書信變得無效的策略。）

雖然知道自己落入下風，但有間並沒有生氣，反而有些敬佩。

有間舉起右手。

「弓箭預備。」

跟著有間的四十九位屬下疑惑地低聲說道：

「少主，河面這麼寬，箭射不過去的。」

「這樣只會浪費箭。」

但有間還是堅持己見。

「沒關係。舉起弓箭，瞄準敬谷。」

屬下們策馬靠近河邊，排成一列，在馬上架箭上弦瞄準目標。

「放箭！」

一聲號令，眾箭齊發。

四十九支箭紛紛墜入敬谷面前河川的淺灘，雖然大量飛來的箭把馬嚇得有些畏縮，敬谷卻放聲大笑。

「射不中我呢，有間！」

「繼續放箭！這就是我的回答！」

第二波、第三波箭繼續射出，但這些箭顯然都射不到對岸。劃破空氣的聲音和箭的數量雖然很嚇人，卻射不到目標。

敬谷又笑著大喊：

「你這是自暴自棄了嗎？真是愚蠢……嗚！」

低沉宏亮的嗓音突然變成了哀號。

敬谷的腿上插了一支箭。

「怎、怎麼會！」

屬下們感染了敬谷的驚愕，也都慌了起來。這時又有箭矢紛紛朝他們射去，轉眼間就有二十人中箭落馬。

「放箭！」

有間在對岸繼續發號施令。

敬谷的屬下不明白為什麼對岸的箭突然能射過來了，嚇得急忙退後，但還是被箭射中。

此時又有二十人落馬，還有十人擅自逃向山丘。

身邊一下子少了這麼多人，敬谷臉色大變，猛踢馬腹，腿上的箭傷痛得他皺眉，在他策馬奔馳時，箭矢仍不斷朝他飛來。

一百騎人馬瞬間少了一大半。

敬谷正準備逃走，這時他才發現兩旁的茂密草叢裡藏著六個士兵，他們手上拿著弓箭，射向逃跑的敬谷及其屬下。

有一個年輕人拿著太刀衝出去。那是壹岐。他跑向被打得遍體鱗傷的年輕屬下，把那人從馬背上扶下來。

即使知道對岸的箭射不過來，看到那麼多箭矢飛來還是會令人眼花撩亂。

有間故意陪敬谷演出鬧劇，一邊命壹岐帶著擅長弓箭的士兵繞到敬谷等人附近，藏在草叢中。

因為要祕密行動，只能派出很少的人。即使是暗中偷襲，這少少幾個人也敵不過那麼多敵軍。

所以必須混淆敵軍的視線。

有間也知道箭只能勉強射到岸邊。

不過，這樣正好。

敵軍原本以為箭只能勉強射到岸邊，結果卻中箭了，他們一定會以為箭是從對岸射來的。

四十多支箭從對岸接連不斷地射過來，這聲勢和聲音讓他們無暇注意到有六位弓箭手躲在附近放箭。為了不讓他們發現箭是從其他方向飛來的，所以頭一個先射敬谷，大將若是因中箭而驚慌，場面就會變得混亂，接著再射下幾個人，其他士兵就會更害怕。

「後面有人偷襲……只有幾個人！給我殺！」

終於發現真相的敬谷勒住了馬，大聲吼道。

但是一百騎人馬之中已經有一半的人中箭落馬，拖著蹣跚的腳步倉皇逃走，還有超過二十騎的人馬早已跑遠了，聽不到敬谷的命令。五位弓箭手繼續朝著敬谷身邊的十幾人放箭，又有三人被射下馬。

氣得滿臉通紅、手按腰間太刀的敬谷也遭到亂箭攻擊，馬被嚇得猛跺腳。周圍的人不斷大喊「退兵」，失去了原本的人數優勢，他們一下子就沒了鬥志。

「你以為我會自盡嗎？蠢貨！想要我的命，就自己來拿！」

有間大聲嘲笑，壹岐和六位弓箭手帶著遍體鱗傷的屬下渡河回到對岸。河川中央比較深，有一小段必須游泳，但還是過得去。

（敬谷啊，雖然你身邊只剩五、六人，但你們若是折返射箭，或許能殺掉我這幾個從對岸逃回來的屬下呢。）

有間早有心理準備，如果敬谷更勇敢一點，或是他的屬下更冷靜一點，或許派出去偷襲的屬下會損失好幾人。

看著渾身溼透爬上河岸的壹岐和屬下，有間放下了心中大石。

「伴敬谷帶著兩百騎左右的人馬突襲了鄉，還說大軍隨後就到，首先是一支五千人的軍隊。和我們預料的不一樣，他們順利通過閒戶和北奧兩郡，五千人的軍隊大概明天或後天就會到達這裡。」

敬谷抓住的屬下被救出來，帶回奧瀨柵，抬進臨時搭建的帳篷治療包紮。

帳篷是以一根柱子撐起圓形皮革，正殿的前庭和後方，以及後殿的前方都搭了很多個。

奧瀨柵不像大蓋城那麼大，如果奧三郡的常軍九千人全都進入柵裡，連這些帳篷也不夠用。

不過，如今在奧瀨柵的只有北奧郡的常軍三千人。

因為敵軍動作太快，還來不及調來其他兩軍。

南奧郡和國主掌管的中郡相鄰，離大蓋也很近，為了防範國軍入侵，南奧郡的軍隊一直駐紮在南奧柵。那邊不能解除防守，而且就算是緊急調兵，也要花好幾天才能到達奧瀨柵。

中奧郡的常軍現在必須處理避難的人潮，要等到人民都安頓好，才能撥出半數來奧瀨柵會合。不過處理逃難的民眾很費時間，明天或後天恐怕還來不了……

結果奧瀨柵只能靠三千人來對抗五千人的軍隊，而且敵軍後方還有兩支各五千人的軍隊會陸續抵達。

奧瀨柵能期待的援軍只有預定從中奧柵趕來的一千五百人。

被放在門板上的年輕屬下扭曲著瘀青紅腫的臉孔。

「真抱歉，我什麼都不能做。」

「這不是你的錯。更重要的是，雖然你現在行動不便，還是要讓你盡快離開。在敵軍攻過來之前，我們必須讓受傷的人和女人躲到中奧柵。」

有間用力握了一下懊惱幫不上忙的年輕屬下的手，走出帳篷。

太陽已經西沉，不過前庭到處都點著篝火，照亮了帳篷和殿舍，影子搖曳不定。篝火的熱氣和人的熱氣讓柵裡十分悶熱。

有間從東奔西走的人群之間走向內郭的東脇殿，有個屬下跑過來，交給他一封信。

「少主，東二送信來了。」

他接過信，走到附近的篝火旁邊打開來看，然後哼了一聲。他讀完就把信揉成一團，丟進篝火燒掉。

有間繼續走向東脇殿。

他爬上階梯，走進屋內，房間底端有一個角落被隔簾圍住，隔著布簾可以看見燈臺上晃動的火苗，還有兩個女人及一個小孩的身影。

「與理賣，大路，美矢比，妳們在吧？」

他一掀開隔簾棉布，大路就「咦？」了一聲。

「哎呀，有間大人，您怎麼突然來了？也沒先派人通知。」

戰爭都快開始了，從龍之原來的這位老婦人還在糾結這些繁文縟節。有間隨口說了句「抱歉」，坐在蒲團上。

美矢比垂低視線，彷彿不敢承受有間的注視。
與理賣一臉嚴肅地朝有間探出上身。
「兄君，要打仗了嗎？大家都這麼說。」
「是啊，大概明天或後天就會有五千人的軍隊攻到奧瀨柵。天亮以後，我就要開始部署北奧的軍隊了，妳和大路要離開奧瀨柵，前往中奧柵。美矢比。」
美矢比聽到有間叫自己的名字，疑惑地抬起頭。
「是。」
「與理賣和大路就拜託妳了。我會派屬下護送妳們，妳也要以姊姊的身分照顧與理賣，把她帶到安全的地方。」
美矢比的眼中浮現堅決的神色。
「好的，我一定會做到。」
「與理賣，妳要聽美矢比的話。知道吧？」
「可是……」
與理賣一臉不高興，但有間厲聲說道：
「戰爭快開始了，我不能陪在妳身邊，妳得聽美矢比的。」

與理賣噘起嘴，但還是乖乖點頭了。

□□□

（戰爭開始前都是這麼安靜嗎？）

太陽升起後，與理賣就被大路催著做準備。大路說這路途不好走，所以要穿皮靴，與理賣心不甘情不願地照做了。皮靴穿起來很悶熱，她當然不喜歡。

她換上簡樸的衣服，背起裝了末醬（註5）和肉乾的包袱，抓起有間製作的玩具弓箭，牽著大路的手走出屋外。

大路雖然一直叨念與理賣做準備，但她對今後的處境非常不安，臉上露出膽怯又困惑的表情，動作也變得遲疑。她憂心地一再叫著「小姐」，與理賣每次都會回答她「沒事的」。

士兵不知道是不是還在睡，奧瀨柵裡靜悄悄的。

註5　大豆發酵製成的醬料。

能聽見的只有與理賣和大路踩在土上的腳步聲。

（兄君應該還在睡吧，所以才會這麼安靜。）

與理賣本來以為有間會來送她，不禁有些失望，但她知道有間很疼愛她，所以沒有因此而消沉。

只要有間平安無事，以後就能再見了。她只能默默地如此祈禱。

（可是這不是龍之原，這裡沒有龍。）

與理賣心想，如果跟她交朋友的龍在這裡就好了。皇尊讓那條龍變得更茁壯、更美麗了，那條龍現在或許比跟與理賣在一起的時候更能幫助她實現心願。

但這裡不是龍之原，與其祈禱，還不如靠自己。

與理賣走到內郭後殿的後面，美矢比已經在那裡等著了。

她的長髮在背後紮成一束，蓋在長衣之中，只化了淡妝的肌膚顯得很清爽，脣上擦了鮮豔的口紅，淡紅絹布長衣上有芍藥花的圖案，看起來非常華貴。她今天也打扮得很美，讓與理賣非常反感，但她還是要遵守答應過有間的事。

她答應過，會聽她最討厭的美矢比的話。

有個女人抱著小小的包袱跟在一旁，像是美矢比的侍女，還有一位士兵跪在美矢比的腳邊，那是個目光銳利的男人。

「出發吧，美矢比大人。」

美矢比點點頭，向與理賣招手說「過來」。與理賣拉著大路的手，跟在她的後面。

奧瀨柵在戰爭時也能當作堡壘，北殿的背面是堅固土牆的一部分，主屋的底端可以通往柵外。

在關著門的昏暗屋內，士兵推開平時不會打開的門，柵外的景色出現在眼前。門和外面的地面相距一個成年人的高度，而且沒有階梯。

士兵率先跳下去，然後叫與理賣坐在門口，抱著她的腳把她放到地面，又陸續把美矢比、大路、侍女抱下來。

他們從小徑朝北走，進入長滿雪檜葉的丘陵，青草摩擦著腳踝。

護領山的白杉林滿地都是落葉，而且氣候潮溼，所以土地很鬆軟，但雪檜葉樹林不一樣，地上長滿了高達腳踝的小草，而且因為缺乏水分，草葉長得又細又乾。

現在是早晨，氣溫不高，甚至有一點冷。雖然是夏天，這裡還是比龍之原涼快得多。

反封洲是乾燥寒冷的地區，與理賣在夏天到來，還沒體驗過這裡的冬天，但她多少想像得出冬天會有多冷。

在士兵的引領下，一行人沉默地前進。越過山丘，來到下坡路，但每個方向都只能看見林立的雪檜葉，與理賣根本不知道自己正在往哪裡走。

「不是這個方向。」

美矢比突然停下腳步，冷冷地說道。前面的士兵回頭說：

「不，就是那邊。」

「要去中奧柵的話，走東邊那條路比較快。」

「沒錯，但是奧瀨柵的南側現在有敵軍，盡量遠離他們才是上策。」

「……我不相信你。」

美矢比握住與理賣的手。

「您在說什麼啊？」

「我沒看過你這個人。我待在奧瀨柵已經六年了，有間的屬下我沒有一個不認識。」

「我侍奉少主很多年了，只是我的職務比較少公開露面。」

「是嗎？總之我覺得應該走東邊那條路，所以往那邊走吧。」

「美矢比大人，我們應該走北邊的路。」

「不要。」

與理賣看著爭執不下的兩人，默默沉思。

（哪一個才對？哪一邊比較安全？）

缺乏知識的與理賣無法做出判斷，但她有一句話可以相信，有間叫她必須聽美矢比的話。

「走東邊那條路吧，美矢比。」

與理賣也用力握了一下美矢比的手。

「沒錯，與理賣。」

美矢比露出一個美麗的微笑，握緊與理賣的手，朝另一個方向走去。士兵叫著「等一下」追了過來，但她不以為意地繼續向前走。士兵的語氣越來越焦急。

「請回去吧。我們太靠近南側了，可能會遇上敵人的斥候。這裡是奧瀨柵和敵軍的中間……不，我們恐怕已經踏進敵軍的勢力範圍了。」

「戰爭還沒開始，奧瀨柵的軍隊還沒離開柵，敵軍也還沒出動，到處都靜悄悄的，我們又何必特地繞路？我不相信你說的話。」

與理賣的心臟突然開始狂跳。這就是所謂的忐忑不安嗎？

她有一種不祥的預感，好像有什麼可怕的東西正在靠近。

眼神銳利的士兵跟在後面，叫著「美矢比大人！與理賣大人！」，大路和侍女的反應慢了點，但她們也開始頻頻回頭。

（可怕的東西要來了。）

會從哪裡過來？後面嗎？還是……

就在此時，前方雪檜葉的樹幹後跳出五條人影，手上都拿著寒光閃爍的太刀。是士兵。他們的肩上縫了紅色的布。

（是敵軍！）

與理賣驚恐地停下腳步。

「美矢比！」

與理賣用顫抖的聲音叫道，美矢比握緊她的手，緊到令她發疼。

二

後方傳來鋼刃和刀鞘摩擦的聲音，似乎是同行的士兵拔出了刀。

接著是踩踏青草的聲音，而且不只一人。

回頭一看，背後也有六個肩上縫紅布的士兵手持長槍。大路和侍女緊靠著彼此，兩人嚇得腳軟，癱坐在地上。

（被包圍了！）

與理賣意識到目前的處境，雙腳開始發抖。美矢比原本握緊她的手，此時卻放開了，與理賣不解地抬頭望去，發現她目不轉睛地凝視著正前方。

「透谷。」

美矢比的口中喊出這個名字。

擋在與理賣和美矢比前方的士兵之中走出一個男人。

他的身高和有間差不多，穿著打扮也很類似，脫下一隻袖子的大衣繡了細緻的海浪花紋，掛在腰間的光亮毛皮墜飾是非常罕見的銀白色，佩戴著寬幅太刀。他看起來比有間更豪奢，卻比有間還要蒼白瘦弱。一頭光澤亮麗的黑髮從肩上垂到身後，五官端正，感覺一點都不粗魯，眼神卻很冰冷。

伴透谷。

與理賣早已從大人的話中得知，叫這個名字的男人是有間的弟弟，同時也是他的敵人。雖然知道這一點，但她被士兵包圍，什麼都做不了。

透谷走了過來，抓住直立不動的美矢比的手腕，朝自己拉近。與理賣看到美矢比輕輕叫了一聲「啊」跌入透谷的懷中，立刻後退兩步，舉起她的玩具弓箭，瞄準透谷的手。

箭矢離弦射出，刺入抓住美矢比手腕的那隻手背。

透谷發出低沉的呻吟，附近的士兵幾乎在同一時間朝與理賣的臉用力揮出一拳，打得她倒在草地上。

她的眼前一片空白，分不清上下左右。

朦朧睜開的眼睛只看到草葉。

「小姐！」

在草葉的後方，大路跪在地上朝她爬過來。

「別太粗暴，這位是龍之原的小姐，是重要的人質。」
透谷拔出插在手背上的箭，丟到地上。
「真可憐，別罵那個士兵。是這個孩子不對，讓她受點教訓也好。她雖是從龍之原來的小姐，其實是個遊子呢。」
美矢比吃吃地笑著說。
「真骯髒，和俘虜之子沒什麼兩樣。」
這是美矢比的聲音。在笑的人也是美矢比。
（什麼？她剛剛說了什麼？）
與理賣的腦袋還在暈眩，身體無法動彈，她勉強抬眼望向美矢比。
美矢比靠在透谷胸前，笑著看向與理賣。
「你看吧，她的眼神好凶惡呢。」
此時與理賣終於明白了。
（美矢比……背叛了。）
她氣憤又懊惱地說：
「我不是壞孩子，美矢比才是壞人。」

剛剛毆打了與理賣的士兵抓住她的手臂，把她提了起來。大路哭喊著「小姐！小姐！」。

「你真的來了，透谷。你為我來到了這裡。」

美矢比含情脈脈地摸著透谷的胸膛，仰望著他。透谷也摸著美麗表妹的臉龐，輕聲說道：

「妳是我未來的妻子，我當然要親自來接妳。」

「你還為我受傷了。很痛吧？」

美矢比捧起透谷受到箭傷的手，輕輕吻上去。

（真不甘心，真不甘心。）

被揪住的與理賣咬緊牙關，用力握著弓箭。

（真想殺掉這些傢伙。如果我夠強的話，我要把他們全都殺了。）

無力反抗而被抓住，讓她非常不甘心，但是因為臉頰腫脹，她沒辦法如願瞪大眼睛。與理賣知道自己被抓住會給有間添麻煩。敵人說過她是人質，一定會用她的性命威脅有間。

若是這樣，有間搞不好會被殺死。

（真不甘心！）

透谷和美矢比的聲音繼續傳來。

「只是一點小傷。」

「好可憐呢，透谷，但我真的很感謝你來救我。聽說討伐軍的大將是敬谷，我本來有些擔心，以為你不會來了。」

「敬谷思慮不周，個性又衝動，我必須親自來盯著他才行。如果不讓他擔任大將，他會很不高興，不肯乖乖做事，這只是為了讓他竭盡全力。不過我沒辦法把事情全都交給敬谷，自己袖手旁觀，不然以後必定會受人恥笑。」

他的語氣透出一股冰冷。

「我既然身為國嗣，就得親自來迎接妻子，在戰爭最後拎著借用僭偽皇尊威勢的大罪人的首級站在軍隊前面，否則我就沒臉當下一任國主了。」

「這才是國主應有的品格啊。」

與理賣在心中喊著：

（真不甘心！）

此時雪檜葉的樹幹後突然爆出笑聲。

「真是卑鄙的品格啊，透谷！害我都忍不住笑出來了！」

在場的所有人都呆住了，揪住與理賣手臂的士兵卻慘叫一聲，把她丟了出去。與理賣再次跌在草地上，她抬頭一看，剛剛抓住她的士兵的太陽穴上插著一支很粗的箭。

「小姐！」

大路拚命爬過來，抱住與理賣的頭，侍女也趕過來，用身體護住大路和與理賣。

「打算在戰爭最後才出來舉起敵人的腦袋，確實聰明，卻是懦夫的行為。你嘴上說得很好聽，其實只是想等戰亂結束再出面享受成果吧。」

那聲音繼續嘲笑透谷。

「建議父國主派我出使外國、並在歸途中殺掉我的人想必也是你吧？只有狡猾的懦夫才想得出這種穩妥的殺人計謀。」

與理賣從護著她的手臂底下看見肩上縫著紅布的士兵紛紛被人從後方斬殺。拿著太刀殺過來的士兵都是她在奧瀨柵看過的人，數量很多，大約有五、六十人。

接著她看見那一頭白髮。她的視野因為安心和敬仰而模糊了。

（兄君！）

□□□

有間提著太刀大步走過來，對抱著與理賣的大路和侍女說：

「那孩子就拜託妳們了。」

他從她們身邊經過，走向靠在一起的透谷和美矢比。透谷像是大夢初醒，連忙拔出太刀，把美矢比護在身後。若被那把寬幅太刀砍中身體，說不定會斷成兩截。透谷拿著這把刀毫不費力，可見一定是辛苦鍛鍊過。

透谷一邊保護美矢比，一邊左右張望。

「你的人不會來了。」

有間笑著說。

「躲在附近的那些士兵全都成了我屬下的箭靶，一個活口都不剩。話說你帶來的人還真不少。雖然還沒開戰，要你離開藏身的軍隊，你還是很害怕吧？聽說超過五十人呢，反正那也不重要。」

「……有間！」

透谷氣得咬牙切齒，憤恨地叫道。

「討伐軍出動時，我聽說大將是敬谷就覺得奇怪，你怎麼可能會把討伐我的事交給敬谷？如果你比我想像得更懶惰，說不定真的會這樣做，但你既然想方設法把我貶為擾亂央大地秩序的大罪人，不可能不親自出征，畢竟你自己也說過，袖手旁觀會受人恥笑。除此之外，想要賣我人情的傢伙也寫信向我報告你不在北門津，所以我很確定，你一定就在附近。」

有間微微一笑。

「你既然是懦夫，就應該像個懦夫乖乖留在北門津等著戰勝的回報嘛。」

「我不是懦夫！這是謀略！派敬谷擔任大將也是用人的策略，這是為了讓他願意賣力……」

「到了這個地步，你就別再狡辯了。」

有間打斷了透谷的話。

「我沒說懦夫不好，不，應該說這才是聰明的做法，因為危險的事只要交給弟弟就好了，你自己可以輕輕鬆鬆地坐享其成。你真該這樣做的，但你卻擔心受人恥笑，這也是因為太聰明嗎？若非自詡為持節之軍，被人恥笑一下也沒啥大不了的，正是因為你冠冕堂皇地抬出龍之原和皇尊，所以更丟不起這個臉，非得自己親自出馬不可。」

他抬出不津王讓有間手上的書信失效，這招確實很高明，連有間也不得不佩服。但是……

「這就叫做聰明反被聰明誤吧。其實只要你自己不在意就行了，誰要恥笑就讓他去笑，反正不管別人再怎麼笑，國主還是國主。只要能存活下來當上國主，就算被笑也值得了。」

「像你這種在地穴裡長大、毫無榮譽和尊嚴的傢伙懂什麼！」

「與其為了榮譽和尊嚴而死，那還不如沒有。」

有間低聲笑了，接著又說：

「透谷，你的腦袋挺好看的，很有展示的價值。」

透谷沒有舉高寬幅太刀，而是直接橫向揮出。

有間迅速跳開，驚險地躲過這一刀，接著蹲低身子，向前猛衝。透谷的太刀本來揮向有間頭上，在他敏捷鑽過去之後，太刀撞擊到地面。

沉重的刀身陷進土裡，拔出來的這段時間成了致命的破綻。

轉瞬之間，有間竄到透谷的側面，朝著他的脖子猛烈砍去一刀。

透谷的腦袋咕咚一聲掉在草地上。

美矢比發出尖叫，摀住臉孔。

透谷的身體倒下，有間的腳底感受到了震動。

他放下太刀，血水從刀尖滴下，撲簌簌地落在草葉上。

美矢比跪在有間的腳邊，臉上充滿了恐懼。

「為什麼……你怎麼會知道……為什麼……」

美矢比的櫻桃小嘴發出顫抖的聲音。

（妳以為我沒有發現嗎？未免太看不起我了。）

有間從很久以前就覺得美矢比的言行舉止非常可疑。

她原本很厭惡從地穴被救回來的有間，某天卻突然表示喜歡他，後來還硬要留在奧瀨柵。有間能想到的理由只有一個，那就是旁人對他的評價改變了。美矢比應該發現了，佐佐九野那些御前眾都支持有間成為下一任國主。

所以她的態度才會跟著改變。

有間從那時就已經意識到美矢比是牆頭草。

如果太相信她，遲早會吃大虧。

有間在地穴裡早就學到，能不能生存下去，取決於身邊有多少能夠信任的人。他沒有刻意遠離美矢比，但他心裡非常清楚這個女人絕對不能信任。

鮮血持續從太刀滴落。

「妳一聽到我死於海難就回大蓋城了，如果妳不相信我死了，就應該留在奧瀨柵，就像壹岐和柵裡的人雖然服喪，仍然在等著我回來。但我出人意料地帶著皇尊的書信回來後，妳又開始纏著我，大概是覺得我既然有皇尊的書信一定能當上國主。看見妳這些行為，我就知道妳是個牆頭草，我也猜得到妳最後還是會選擇透谷。妳聽到我說不打算娶妻生子，想必很快就會有動作，所以我早就派人暗中監視妳了。」

「……咦……？」

為了在開戰之前減少危險的變數，有間故意告訴美矢比自己不打算娶妻生子，因為他猜得出來美矢比這個牆頭草會有怎樣的打算。

聽到有間的那番話，美矢比就有動作了。

「妳偷偷寫信給北門津了吧？壹岐在途中攔截了那封信，看過內容之後，又託人妥善地送到北門津。沒錯吧，壹岐？」

壹岐拿著弓箭靜靜地走到有間身旁，他的表情非常陰沉，完全不像平時那副開朗的模樣。

美矢比半夜溜進有間寢室的隔天早上，有間就吩咐壹岐要仔細盯著美矢比。他說美矢比一定會偷偷送信給某人，要壹岐神不知鬼不覺地把信偷到手，看過信裡的內容。

壹岐既不解又很不情願，但是在有間強硬的命令下，壹岐只能依言去監視美矢比，並且拿到了那封信。

「美矢比，我看了妳的信。」

美矢比睜大眼睛，抓緊地上的草葉。

「我竟然看了。」

壹岐嘆了一口氣，視線落向地面，一旁的有間用平淡的語氣毫不留情地說出了事實。

「既然當不成國主的妻子，繼續討好我也沒用。所以妳自然會覺得，與其如此還不如當透谷的妻子，雖然還不確定這場戰爭是哪一方會勝利，光看兵力的話，國主、透谷、敬谷那一邊更有優勢，就算我有皇尊的書信，又有御前眾的支持，只要我死了，這一切都沒用了。如果妳有望成為我的妻子，或許可以賭賭看我會戰勝國主他們，而我卻不給妳機會。所以妳一定會聯絡透谷，這樣透谷必定會來取我的首級，順便英勇地出面迎接妳。妳是透谷從小就想得到的女人，原本以為被我搶走的女人主動求他來迎接，透谷一定是樂不可支吧。」

有間望著滾在地上的頭顱，輕輕一笑。

「真是短暫的快樂呢，透谷。」

「你這禽獸！」

美矢比跪在地上尖叫。

「在地穴裡長大的禽獸！骯髒至極，連蟲子都吃的野蠻人！竟然懷疑我，還殺害、嘲笑身為國嗣的透谷！可惡的白邪！」

「透谷確實是我殺的，但害他被殺死的人是妳。」

「為什麼是我？」

「因為妳向透谷求助，叫他來帶妳走。為了討好他，妳故意在信裡這麼寫。」

在壹岐拿到的信裡，美矢比寫著自己是多麼想見到透谷，懇求他來救她。

看在有間的眼中，那些只是諂媚巴結的說詞。

如果透谷沒把這些話看成諂媚，寫信的人又是自己從小就想要的女人，那他一定會被勾起滿腔熱火，絕對會親自來救美矢比。

有間猜到透谷會親自來接美矢比。雖然他偷偷摸摸地行動，為了安全起見還帶著一大批士兵，終究還是來了。

「如果透谷在確定戰勝之前都躲在軍隊裡，或者派別人來接妳，也不至於落到這個地步。但他想在妳面前表現得英勇可靠，所以才親自前來。不過他沒有直接殺過來，而是要妳自己來到他軍隊的勢力範圍，也算是很謹慎了。」

這條路處於奧瀨柵和南側敵軍的中間點，再往前走一小段路就會到達河邊，河中有大量泥沙淤積的淺灘，要渡河很簡單。只要去到那裡，很快就能到達敬谷占領的鄉。

如果美矢比沒被有間跟蹤，透谷的計謀一定能進行得很順利。

「但是這些努力全都白費了，他決定親自出馬時就註定會失敗了。他等於是被妳害死的。」

有間揮舞太刀，血滴飛濺，美矢比悚然一驚。

「你也想殺了我嗎？」

「妳走吧，隨便妳要去哪裡。如果當牆頭草是妳的生活方式，那也無妨，妳儘管見風轉舵、儘管變節吧。」

牆頭草、變節、背叛。有間不想批評選擇這種生活方式的人，只要他們自己高興就行了。

但是有間不會相信這種人，也不打算把這種人留在身邊。

「妳離開反封洲吧。如果再讓我在國內見到妳就太礙眼了，到時我會殺了妳。」

「這樣我要怎麼活下去？壹岐……」

美矢比用哀求的語氣叫著表哥的名字。

「幫幫我，壹岐。」

壹岐從背後的箭筒抽出箭，架在弦上，箭頭對準美矢比。

「站起來，快跑。隨便妳要去哪裡。」

「壹岐，別這樣，你幫幫我……」

「我要放箭囉！」

美矢比發出驚呼，站起來跑掉了。

有間根本懶得注意她是往哪個方向跑，他將太刀收進鞘內，走向被大路摟著的與理賣，蹲在她的面前。

「抱歉，與理賣。」

靠在大路膝上的與理賣半張臉悽慘地腫起，看得有間非常心疼。

「讓妳來當誘餌，是我不好。」

「誘餌？」

大路驚訝地看著有間。

「我知道美矢比會帶著妳去找透谷，把妳當成人質來牽制我，但我還是命妳跟著美矢比，這是為了避免妳反抗，導致她沒辦法去找透谷，也是為了不讓她發現我在懷疑她。」

有間料到美矢比一定會去和透谷會合，而且她可能會抓走與理賣，用來增加透谷的優勢。

但美矢比和透谷可能是在他們忙著應付敬谷突襲的混亂之際聯繫的，所以他們沒有掌握到詳細的內容。

有間不知道他們約在哪裡，用什麼方式會合。

他只能讓美矢比自由行動，讓她帶著他們找到透谷。

「我特地叮嚀妳一定要聽美矢比的話，也是因為這樣。」

「太過分了。竟然為此讓小姐置身險境……」

「對不起。」

有間垂低視線，靜靜地承受著大路聲淚俱下的指責。即使大路動手打他，他也甘心承受。與理賣把手放在有間的膝上。

「我幫上了兄君的忙吧？」

「妳幫了我一個大忙，而且妳非常勇敢，還射了透谷一箭。真是個厲害的小姐。」

與理賣紅腫的臉頰浮現笑容。

「因為我是好孩子嘛。」

「是啊，妳是個好孩子。」

有間堅定地說道，站了起來。

「妳們去中奧柵休息吧。為了回報妳的勇敢奮戰，我還不能休息。」

有間大步向前，一把揪起透谷首級的頭髮。

「你得出動囉，透谷。」

三

八洲人民相信有「鬼」存在。聽說在棲息著龍——神之眷屬——的龍之原沒有這種東西，或許是因為邪惡的東西不敢靠近神之眷屬所在的國家吧。

人死之後，魂魄會化為邪惡的東西鑽進人體或器物之中作怪，人們稱之為「附鬼」。已死的人沒了肉體，會變成看不見的邪惡東西製造災禍，這就是「鬼」。

怨念、悲傷、憤恨、嫉妒。死人的魂魄被這些感情吞噬，就會變成邪惡的鬼，在黑暗想法的束縛下，永無止境地飄盪在空氣中。

鬼若是因為某些契機得到了血肉，有了形體，就會變成名叫鬼的怪物，但那只是鄉野傳說，只有父母恐嚇孩子時會提到，偶爾也會有人聲稱在人跡罕至的地方見到這種怪物，但沒人確定真的存在。

有間覺得，龍之原沒有「鬼」這個概念，或許是因為翱翔在天空的神之眷屬吞噬了、淨化了人所生出的邪惡。

（等我死了以後，希望有人把我的魂魄帶到龍之原，這樣我就不會變成鬼了。）

至於會由誰來帶他去，應該是與理賣吧。

因為那孩子遲早有一天會回到龍之原，雖然那可能是多年以後的事。

有間決心要成為國主，所以他沒打算輕易死去，但人遲早都是會死的。如果那一刻到來，有間希望自己的魂魄被帶到龍之原，他不希望自己變成鬼，讓活著的時候一直糾纏他的黑暗情緒在死後也永遠綑綁著他。

他在地穴裡看過不少死人，那些人一定都變成了鬼。死在那種地方，怎麼可能不變成鬼？他的母親，還有那位眼神清澈的老人，一定也變成鬼了。他們活著的時候很痛苦，死了依然要受折磨。

有間經常夢見那些已死的人。

毫無疑問，他一定也會變成鬼。

所以他希望自己的魂魄被龍吞噬，不會變成鬼，也不會變成其他東西，而是消失得乾乾淨淨，什麼都不剩。

「與理賣前往中奧柵了，應該已經走遠了。」

壹岐爬上南門的二樓，向有間報告。

「這麼一來柵裡就沒有女人和老人了吧？」

「是的。」

他們兩人都穿上了鋼片串成的胸甲、臂甲和脛甲，此外只有平時都會配戴的太刀。他們的作戰裝備只有這樣。其他屬下的裝備也差不多，但是有一半的士兵只有木板做的胸甲。奧三郡常軍的軍備非常匱乏。

有間所在的位置可以一眼望遍圍繞在奧瀨柵所在窪地之外的丘陵。

太陽升到了天頂。

碎雲從西方飄向東方，卻絲毫遮不住陽光。大片的青綠雙夏麥被風一吹，葉片互相摩擦，發出沙沙的聲音。吹來的風都是熱的，但偶爾會有一絲涼意掠過臉頰，像是在提醒人不要忘記冬天必定會到來。

奧瀨柵的南門已經關上。

但是在土牆的南側、門的左右兩旁各搭了三座高臺，上面插著奧三郡的白旗，每座高臺都配置了十五位持弓的士兵，而且柵裡從正殿前方至後殿的後方都搭建了大量的帳篷。

若是從南邊丘陵俯瞰奧瀨柵，一眼就能看出他們準備死守。

「給敬谷的通知差不多送到了吧。」

「是啊。」

幾刻之前，有間派了幾位屬下去敬谷做為根據地的鄉的南方河邊，將信綁在箭上，用強弓射到對岸。屬下回來報告說，信已經被敵軍的士兵撿回去了。

那封信是有間寫給敬谷的，想必很快就會送到敬谷的手上，他若是讀了信，一定會怒不可遏地衝出來。

「少主，來了！」

踩著二樓欄杆、伸長脖子注視著南方丘陵的士兵指著遠方大喊。

南方丘陵有兩條路，兩條都有騎兵奔往山下，還有扛著長槍的士兵跟隨在後。騎馬跑在最前面的人扛著朱紅色國旗，體格魁梧，身上的鋼片胸甲打磨得比其他士兵更光亮。

那是敬谷。

敵軍兵分兩路，由騎兵開路衝下丘陵，朝著奧瀨柵的南門逼近。他們分成兩路是有理由的，這是為了迅速動員大量士兵。正在衝往奧瀨柵南側的軍隊超過兩千人。

敵軍的士兵想必不只這些，恐怕還有好幾千人待在不遠處，隨時能趕過來。

雙方兵力差距太過懸殊。

南門二樓的人看到敵軍數量這麼多，都露出恐懼的神色。

站在高臺上的士兵紛紛舉起弓箭。

敬谷策馬緩緩走到軍隊前頭，手上高舉懸著節書的國旗。

「有間！你把透谷兄君怎麼了！」

離開軍隊跑出來接美矢比的透谷當然沒有回去，敬谷正等得不耐煩，卻收到了有間送去的信。

信裡寫著透谷在自己的手上，如果想讓他回去就立刻退兵，並且要求國主宣布國嗣是有間。

有間明知對方不可能答應，卻故意這樣要求。

果不其然，敬谷氣得立刻發動大軍，準備搶回透谷。

「有間，你也知道自己沒有勝算吧？快點交出透谷兄君，開門投降，這樣我只會取你一個人的人頭。」

敬谷大聲咆哮。

奧瀨柵這副陣勢一看就知道準備死守。一般來說，只有在面對大軍毫無勝算的時候才會選擇守城，若是顯然很快就會被擊敗，就要躲進防衛堅固的堡壘苦撐下去。

守城是確定會有強大援軍時才能使用的策略，如果沒有援軍，守城的一方多半贏不了。

「交出透谷？好，那就這麼辦吧。」

有間高高舉起手上提著的東西。

「我現在就把透谷交出去。」

看到在陽光下搖晃的那顆人頭，近處的士兵頓時騷動起來。

敬谷瞪大眼睛，發出悲痛的哀號。

「透谷兄君！啊啊！啊啊！兄君！」

有間故意板起臉孔。

「吵死人了，敬谷。因為你太吵，我不想把透谷交給你了。」

說完之後，有間就一甩手把透谷的首級丟進奧瀨柵內。四周發出了驚愕和恐懼的叫聲，敬谷在鞍上挺起身子，發出不成聲的呻吟，氣急敗壞地向周圍大吼。

「給我上！給我上！殺進奧瀨柵，抓住有間，砍下他的頭！把透谷兄君的首級取回來！」

敬谷目眥欲裂，瞪得眼珠都快掉出來了，殺氣騰騰的眼中不斷流出淚水。

「白邪！我絕對不會放過你！」

有間哈哈大笑。

「從我離開地穴那時起，你們就不打算放過我了吧！」

他轉身向一旁下令。

「照計畫行動，快一點。」

敬谷想必已經聽到斥候回報奧瀨柵準備守城。

為了破壞大門，士兵們把一些大槌搬到南門前方。「動手！」一聲令下，士兵們開始用大槌猛砸兩扇門扉。

奧瀨柵的士兵從高臺放箭，試圖阻止他們的行動。

地上的敵軍也開始朝高臺射箭，柵裡的弓箭手只得後退閃避，沒辦法射到正在破壞南門的敵軍。

既然射不到，繼續留在原地也沒用。

柵裡的士兵紛紛爬下高臺，轉移陣地。

南門二樓有幾個人探出身體準備投出長槍，但是敵軍的箭立刻飛過來，他們連忙縮回去。

木頭裂開的不祥聲音傳來。

杉樹建造的厚重門扉出現一條縱向的裂痕，敵軍繼續用大槌敲擊那道裂痕，門扉裂得越來越大。

幾個士兵從裂縫中擠進門裡，發出吆喝聲，合力把卡住門扉的門閂抬起。門閂升起，鬆開。

咚的一聲，門閂落在地上。

幾個人一起用力推著沉重的門扉，兩扇門扉緩緩移動。

「打開了！」

士兵們發出歡呼。

「進攻！全都給我殺光！」

敬谷吼道。

□　□　□

士兵們一口氣湧進柵裡，揚起的塵埃讓視野變得白茫茫的。敬谷策馬衝進門內，在架滿帳篷的正殿前庭目不轉睛地四處掃視。

「透谷兄君！兄君！」

己方的士兵呼嘯著紛紛衝進來，敬谷看到有一人踢到了兄長的首級，氣得大聲咆哮。士兵們太過亢奮，根本沒發現自己踢到了什麼。敬谷跳下馬，拔出太刀，朝著滾在地上的頭顱跑過去，但是頭顱卻被一個奔跑的士兵踢得遠遠的。

「你幹了什麼好事！」

敬谷一刀砍向踢開頭顱的士兵的背後，那人慘叫一聲倒在地上，他直接跨過去，跪在地上，捧起沾滿泥巴的頭顱。

「透谷兄君……」

慘不忍睹。因為被粗暴地拋擲，頭顱已經撞得面目全非。

「可恨哪！白邪！白邪！我絕對不會放過你！」

敬谷抱著首級站起來，此時有一個屬下跑過來。

「敬谷大人，情況不太對勁。」

「去把有間揪出來！」

「請您聽清楚，這裡沒有敵人！還有，您看帳篷！」

在屬下指著的方向，有一群士兵正用長槍刺進帳篷。布簾被揭開，倒塌，露出裡面的麥桿。各處的帳篷陸續被士兵推倒，所有帳篷裡都塞滿了麥桿。

「請您下令撤退吧，否則就要大禍臨頭了！」

士兵的慘叫聲傳來，蓋過了屬下焦急的聲音。敬谷回頭一看，帳篷裡的麥桿接連冒出火苗，然後正殿、東西脇殿、南門底下的排水溝，甚至連南門二樓都開始起火燃燒，才過一下子，火焰就擴大到一個人高。

「這是怎麼回事？」

敬谷還沒回過神來，士兵們已經驚慌地折返，想要衝出南門。後殿和北殿恐怕也著火了。圍繞著土牆的奧瀨柵中溫度迅速升高，颳起熱風，風又進一步擴大了火勢。

士兵們爭先恐後地湧向南門，想要逃出去，卻被大火擋住了去路。

「竟然……自己放火燒柵……」

「敬谷大人！快出去啊！」

敬谷清醒過來，大喊：

「御旗！掛著節書的御旗！」

「在這裡！」

一個士兵扛著旗桿跑過來，敬谷下令「一定要保護好御旗！」，然後抱著透谷的首級跑向南門，撞倒了好幾個因為怕火不敢前進的士兵，火焰被他們倒下的身體蓋住，他趁機踩在那些人的身上衝到南門外。

敬谷舉起一隻手遮擋從上方飛來的火花，另一隻手緊緊地把首級護在懷中。

他狼狽地逃出來，跪在地上，終於能順暢地呼吸了。被烤熱的頭盔、胸甲、臂甲和脛甲燒灼著皮膚，燙到讓人承受不住，他急忙脫下甲冑。

當他還在盯著地面呻吟，拿著旗桿的士兵絕望地大喊「敬谷大人！」，他聽見士兵焦躁的語氣，抬頭一看，眼前的景象卻令他瞪大雙眼。

前方也是一片火海。

茂盛而遼闊的雙夏麥田地到處都燒起來了，青綠的麥子在熱風的吹撫下不安地左右搖曳。

後方的整座奧瀨柵已經化為巨大的火柱。

前方的火勢仍不斷沿著田地延燒，擋住了去路。

「敬谷大人！快找尋退路離開窪地吧！趁著火勢還沒有變得更大！只要回到河對

岸，我們還有三千士兵！」

在這句叫喊的鼓舞下，敬谷抱著首級站起來。

「後方的軍隊看到這些煙，一定會發現情況不對，立刻趕來。只要大將敬谷大人舉起御旗，就能再次發動攻勢。敵人燒了奧瀨柵，他們已經無處可逃，我們一定可以報仇。」

在敬谷的前鋒軍後方，是透谷今天早上帶來的五千士兵。

敬谷帶來進攻奧瀨柵的兩千士兵雖然全軍覆沒，但他還有三千士兵，依然能和有間匹敵。

他依然能討伐惡貫滿盈的白邪。

□□□

在場所有人都說不出話。

有間、壹岐，以及在他們身邊護衛的屬下們站在奧瀨柵北邊丘陵上，默默看著下方的景象。

奧瀨柵像巨大的篝火一樣熊熊燃燒，周遭的雙夏麥田地全在冒火，青綠的雙夏麥也燒著了，火焰逐漸延燒到整片窪地。

烈焰產生熱氣，形成了風，雪檜葉的枝葉被強風吹得搖擺不定，在頭上發出窸窣窣的聲響。杙和骨喰都不見蹤影，大概都被熱氣嚇得逃走了。連蟬鳴聲都聽不到。

有間的策略不是守城，而是火攻。

他故意擺出守城的架勢，誘敵深入。

雙夏麥的麥桿含有豐富油脂，很容易點燃。他命人把麥桿藏在柵裡各處，然後要所有士兵離開柵，躲進山裡。

美矢比和與理賣出發前往中奧柵的那個早晨，士兵們早已趁夜離開，柵裡幾乎沒有人了。

只有少數士兵帶著弓箭守在高臺上，和敬谷對峙。

正當敵軍憤怒地破壞門扉時，士兵跑到柵內各處事先挖的地洞。地洞裡放著燒熱的、不斷爆出火花的木炭。他們用火筷夾起木炭，丟到麥桿上，麥桿一碰到木炭立刻從內側冒煙，等熱度積蓄到一定的程度，就會起火燃燒。

點燃麥桿需要一些時間，不過奧三郡的人民都很擅長計算燒火時間。

有間和手下士兵一邊進行這些工作，一邊移向北側的內郭北殿。奧瀨柵的北側有個出入口，也就是北殿底端的門。

所有人都從那裡逃出去，然後關上門。

敬谷的軍隊正忙著破壞南門，沒有注意到柵裡的動靜。如果敵軍還有士兵留在南方山丘，應該會發現有間他們的行動，但是敵軍已經傾巢而出，所以沒察覺到他們的動向。

有少數幾個機伶的士兵為了找尋南門以外的突破口，繞到了柵的北側，正好撞見有間等人，但他們俐落地解決了這些士兵，逃到了北側的丘陵。

他們站在丘陵上，看著自己一直守護的奧瀨柵被火焰吞噬，窪地的麥田也變成一片火海。在木材燒裂、熱風呼嘯的聲音之中，還夾雜著慘叫聲。

焚燒草木的味道和焚燒生物的惡臭混在一起，兩千士兵的性命像木柴一樣熊熊燃燒，成了火焰的糧食。

（看看我做了什麼。）

有間的嘴角浮現了對自己的嘲笑。

（我竟然還期待死了以後能被龍吞噬魂魄，真是太厚顏無恥了。）

死後變成鬼，永遠在痛苦之中徘徊，才是最適合他的下場。

「報告！發現敬谷了！」

雪檜葉沙沙搖曳的山坡上，有個人從東邊衝過來，那是其中一位分散埋伏的士兵。有間事先吩咐過他們，看到敵人的士兵從火中逃出來就殺死，如果發現敵軍大將敬谷就回來通報。

「有一個魁梧的軍官在幾個士兵的護衛之下逃向南邊的河川，其中一人扛著懸掛節書的國旗。」

「走吧！」

有間簡潔下令，隨即衝了出去，壹岐和其他屬下也了解狀況，立刻跟上去。

一行人經過雪檜葉乾燥樹幹之間的蜿蜒山路，朝著南方邁足狂奔。

水流聲逐漸靠近，河畔石頭和河面在右側樹幹的後方若隱若現。

遠方傳來馬的嘶鳴聲。

有間瞇眼望向河對岸的山上，雖然視線被樹林遮蔽，看不見敵軍，但敬谷的後方軍隊一定已經發現異狀，正在趕過來。

絕對不能讓敵軍的後方軍隊投入戰場。

一般來說，一支軍隊只有一位將領，除了大將敬谷之外，應該還有一位將領。不過敵軍把五千個士兵分成兩千人和三千人兩支隊伍，而且大將都親自出馬了，另一位將領一定會隨行。

也就是說，後方軍隊裡沒有將領。

這三千人的軍隊就像是一隻沒有頭的巨獸，雖然強大，卻無法作戰。如果沒和敬谷會合，這支軍隊等於是群龍無首，一旦有了將領，巨獸就會開始肆虐。

若是被這支完好無缺的三千人軍隊攻擊，有間他們只能四散逃跑。其實他們本來就分散躲在山裡，很難一致行動。

「找到了！」

一個人緊張地低聲叫道。有間也發現了，有五個士兵從雪檜葉樹林蹣跚地跑到河邊。

其中一人扛著旗桿，國旗上滿是焦痕。那群士兵圍著一位身材魁梧的年輕人，他艱辛地抬起被煤煙燻黑的臉，凶神惡煞地瞪著河流，懷裡抱著一顆人頭。

一行人在山坡的樹林裡奔跑，等到接近敬谷他們時，包括有間和壹岐在內的十個人才從林中衝到河邊，拔刀包圍了敵人。

敬谷認出有間，又發現包圍自己的敵人是己方人數的兩倍，忍不住大吼：

「你這禽獸！」

有間心想「確實如此」，懷著坦然的心情看著抱住兄長首級的敬谷。

敬谷拚命找回兄長的頭顱，一路抱到這裡，足見他對兄長的仰慕之情。對敬谷來說，透谷一定是個好兄長。

透谷是個勤奮努力的人，而且足智多謀，有間並不討厭他。如果透谷當上國主，必定不會像屋人那樣殘虐，他沒有壞到那種地步。

然而有間卻砍下了親弟弟的腦袋，並且棄之如敝屣。

（這確實是禽獸般的行為。）

有間不是在嘲諷，而是真心覺得自己做了壞事，但他並沒有感到內疚，頂多只是有些抱歉。既然透谷想要置他於死地，他也只能挺身對抗。

敬谷瞪著面無表情、不發一語的有間，一手抱著兄長的頭顱，拔出太刀，全身散發出恨意。

（透谷也有一個能夠信任的弟弟。）

結果他卻因為渴望一個不能信任的女人以致身首異處，真是太諷刺了。

敬谷大吼一聲，揮刀斬來，有間敏捷地閃開，敬谷一時收不住勢，往前踉蹌幾步，他還來不及站穩，就被有間從背後一刀刺穿心臟。

他抱著透谷的首級倒地。

有間的太刀因為砍了透谷的腦袋而變鈍，但還是能輕易刺穿沒有護甲的背部。已經拔出太刀、準備和敬谷一起奮戰的屬下全都僵住了。

「敬谷大人……」

有一個人絕望地喊道，隨即被有間的屬下毫不留情地砍倒。沒過多久，其他的屬下全都倒地了。雖是單方面的殺戮，但絕對不能放這些人走。

既然這些人跟在敬谷身邊，將領或許也在其中，如果讓將領回到軍隊裡，奧三郡的士兵就會遭到殘殺。

有間低頭看著頹然癱在地上、已經斷氣的敬谷。他的懷裡仍抱著透谷的頭顱。敬谷是懷著必死的決心衝過來的。敵方人數是己方的兩倍，他早就知道在劫難逃，如果他真想殺出重圍，只要把礙事的透谷頭顱丟開，用雙手握刀，就能使出全力戰鬥。

「敬谷兄君，如果你拚死一搏，說不定還有機會戰勝呢。」

站在有間身邊的壹岐喃喃說道。

敬谷若能砍倒兩倍的敵人，拖著半條命回到自己的軍隊，他還有三千士兵可用。但是敬谷的兩千人軍隊葬身火海，自己又抱著兄長的首級被兩倍的敵人包圍，這或許讓他失去了鬥志。

有間命人砍下敬谷的腦袋，然後走向被丟在河邊的旗桿。

國旗沾滿煤灰，到處都是焦痕。有間一腳踩在旗子上，用力踐踏，繫在上面的節書也被踩進了泥裡。

「有間兄君。」

壹岐跑了過來。

「你在做什麼啊？那是不津王賜下的節書呢。」

「節書？太可笑了。這只是一張寫著龍之原現今皇尊是僭偽皇尊的廢紙，既然他們把這種大逆不道的話掛在旗子上，我也可以把皇尊的書信掛在奧三郡的旗子上給父國主看。這才是真正的皇尊書信，真正的節書。」

有間雖然認為在龍之原得到的皇尊書信可以利用，但他絲毫不迷信這種東西。

皇尊召喚出龍的時候看起來很美、很神聖，那一幕或許真是出自神的旨意，但站在其中的那位女性只是凡人，還會寫信給有間抱怨自己的處境。

不過，還是有很多迷信的人。拜透谷所賜，讓有間明白了人們是多麼敬畏龍之原、地大神，以及龍。

既然如此，他一定要盡其所能地利用那封書信。

有間轉頭看著屬下，說道：

「把透谷和敬谷的腦袋送去給對岸的軍隊，叫他們帶著那兩顆腦袋回到大蓋，轉告國主屋人，說有間將要率領軍隊前往大蓋，如果他不想死，就得為了派出透谷、敬谷取我人頭一事向我謝罪，向獲賜皇尊書信的我求饒。如果他不肯，我就一刀宰了他。」

有間咬緊牙關，心中頓時湧出一股懊惱。他死命嚥下這份懊惱，以免自己的心情表現在話語或聲音上。他一邊極力壓抑，一邊踐踏旗子代替咆哮。

（這就是我的人生嗎！我活著是為了做這種事嗎！）

明明想讓人民過得更富饒，他卻親手燒了居住十一年的奧瀨柵。有間一直鼓勵多年來種植雙夏麥未果、快要死心的人民，如今田裡終於長出生機盎然的雙夏麥，也被他燒光了。

有間一心守護的奧瀨柵以及和他無冤無仇、只是被派來作戰的士兵燃燒的臭味混在一起，瀰漫到丘陵之外。他燒死了兩千個士兵。

除此之外，被他親手殺死的弟弟們的腦袋就在他的腳邊。

（或許我應該捨棄願望、乖乖地引頸就戮？或者去討好父國主，懇求他放我一命？）

可是，侵蝕著有間身軀的怨念不允許他這麼做，所以他不能輕易地死去，也沒辦法搖尾乞憐，只能抗爭到底。

那個人不只把有間和母親一起打入地穴，甚至在他被救出以後，還逼他做出這種事。

（父國主……伴屋人。）

他不打算輕易殺死屋人。

有間要讓屋人知道自己將要去找他，讓他嚇到寢食難安，還要活捉他，讓他趴在自己面前求饒。他要讓這個可憐兮兮地哭泣、呻吟、悔恨的老人承受更多痛苦。

他要讓屋人受盡折磨，直到感情枯竭，直到心靈千瘡百孔。

在地穴裡腐朽的死者充滿了痛苦、怨念、憎恨，被自己屠殺的弟弟們和士兵們也飽含了憾恨及憤怒，這些死者一定都會變成鬼。

一定都會附在有間身上。

十、百、千、萬，甚至更多。

從前的人習慣用「百」來形容數量龐大。

百鬼附在有間身上，命令他把殘酷的國主逼到絕境，咆哮著要他把所能想到的一切痛苦加諸於屋人。

百鬼對有間發出號令。

「我將要討伐發兵進犯皇尊認可的下任國主的罪人伴屋人。」

有間高聲說道。

「我方才是持節之軍。」

壹岐點頭，屬下們都緊張得表情僵硬。

討伐國主——這到底是叛亂，還是師出有名？連有間的屬下也不確定。

不過，進軍大蓋應該不會太困難。
只要號稱是持節之軍，人民就會畏懼。
雖然還有透谷與敬谷剩下的軍隊，以及屋人的軍隊，但是那些軍隊都派不上用場了，就算還有幾個能幹的屬下，若是沒人下令，他們也無法出動。
有能力領軍的透谷和敬谷已經死了。
能擔任將領的除了他們兩人以外，還有被稱為御三家的武人，但是御前眾都支持有間，他們也沒辦法輕易出手。
現在唯一能行動的將領只剩下國主伴屋人。
但是年邁病重的國主有可能自己帶兵出征嗎？
再說，透谷、敬谷兩兄弟的死訊一旦傳出，原先支持國主的人就會知道情勢不利，一下子全都跑來投靠有間。
實現願望的日子不遠了。
有間如此確信。
但是，他突然聽見了聲音。
那聲音對他說，被百鬼附身的你適合什麼地方？最適合你這種罪人的不是國主的寶座，而是那個地穴。

成為地穴之主才適合你……

有間握緊拳頭，繃緊全身，拚命想要揮開在心中響起的聲音，這時他突然想起了皇尊堅定站在草原上召喚龍的場面。

在那一刻，她的胸中除了決心以外，想必也充滿了巨大的恐懼和不安。因為她雖然處於那神威浩蕩的場面之中，但她終究只是個凡人。

話雖如此，有間不知為何還是想對只是一介凡人的皇尊祈求。祈求她護祐自己。

幾天後。

有間拋下付之一炬的奧瀨柵，開始進軍。

為了討伐他的父國主。

【參考文獻】

《戰爭的日本史3　蝦夷與東北戰爭》（鈴木拓也著，吉川弘文館出版。）
《天平的律令官人與日常生活》（出川廣著，櫻山社出版。）
《日本服飾史　女性篇　風俗博物館所藏》（井筒雅風著，光村推古書院出版。）
《日本服飾史　男性篇　風俗博物館所藏》（井筒雅風著，光村推古書院出版。）
《圖解日本裝束》（池上良太著，新紀元社編輯部編，新紀元社出版。）
《日本的服裝　上》（歷世服裝美術研究會編，吉川弘文館出版。）
《beginners classics　日本古典文學　萬葉集》（角川書店編，角川 sophia 文庫出版。）
《圖說日本文化歷史3　奈良》（黛弘道著，小學館出版。）
《古代史復元9　古代的都市與村莊》（金子裕之著，講談社出版。）
《全集　日本的歷史3　飛鳥、奈良時代　律令國家與萬葉人》（鐘江宏之著，小學館出版。）
《古代的女性官員　女官的晉升、結婚、退休》（伊集院葉子著，吉川弘文館出版。）

《飛鳥很久很久以前　建國篇》（奈良文化財研究所編，早川和子繪圖，朝日新聞社出版。）

※本作也參考了奈良縣立萬葉文化館的展覽及館內每月出版的《萬葉》（よろずは）。

奇炫館

龍之國幻想3 百鬼的號令

（原名：龍ノ国幻想 3百鬼の号令）

著者／三川美里（三川みり）
譯者／HANA
國際版權／黃令歡、高子甯、賴瑜妗
執行長／陳君平
美術總監／沙雲佩
內文排版／謝青秀
榮譽發行人／黃鎮隆
美術編輯／陳姿學
協理／洪琇菁
文字校對／施亞蒨
執行編輯／陳昭燕

出版／城邦文化事業股份有限公司 尖端出版
台北市南港區昆陽街十八號八樓
電話：（〇二）二五〇〇—七六〇〇
傳真：（〇二）二五〇〇—二六八三
E-mail：7novels@mail2.spp.com.tw

發行／英屬蓋曼群島商家庭傳媒股份有限公司城邦分公司 尖端出版
台北市南港區昆陽街十八號八樓
電話：（〇二）二五〇〇—七六〇〇（代表號）
傳真：（〇二）二五〇〇—一九七九

中彰投以北經銷／楨彥有限公司（含宜花東）
電話：（〇二）八九一九—三三六九
傳真：（〇二）八九一四—五五二四

雲嘉以南／智豐圖書有限公司
（嘉義公司）電話：（〇五）二三三—三八五二
傳真：（〇五）二三三—三八六三
（高雄公司）電話：（〇七）三七三—〇〇七九
傳真：（〇七）三七三—〇〇八七

香港經銷／城邦（香港）出版集團有限公司
香港灣仔駱克道一九三號東超商業中心一樓
電話：（八五二）二五〇八—六二三一
傳真：（八五二）二五七八—九三三七
E-mail：hkcite@biznetvigator.com

新馬經銷／城邦（馬新）出版集團 Cite（M）Sdn. Bhd.
E-mail：cite@cite.com.my

法律顧問／王子文律師 元禾法律事務所
台北市羅斯福路三段三十七號十五樓

二〇二四年三月一版一刷

版權所有・翻印必究
■本書若有破損、缺頁請寄回當地出版社更換■

RYU NO KUNI GENSO 3 : HYAKKI NO GOREI
by MIKAWA Miri
Copyright © Miri Mikawa 2022
Cover & interior illustrations © Chikage
All rights reserved.
Originally published in Japan by SHINCHOSHA Publishing Co., Ltd., Tokyo.
Chinese (in complex character only) translation rights arranged with
SHINCHOSHA Publishing Co., Ltd., Japan
through THE SAKAI AGENCY.
Chinese (in complex character only) translation rights © 2023 Sharp Point Press, a division of Cite Publishing Ltd.

■中文版■

郵購注意事項：
1.填妥劃撥單資料：帳號：50003021戶名：英屬蓋曼群島商家庭傳媒(股)公司城邦分公司。2.通信欄內註明訂購書名與冊數。3.劃撥金額低於500元，請加附掛號郵資50元。如劃撥日起 10～14日，仍未收到書時，請洽劃撥組。劃撥專線TEL：(03)312-4212 ・ FAX：(03)322-4621。E-mail：marketing@spp.com.tw

國家圖書館出版品預行編目資料

龍之國幻想 . 3, 百鬼的號令 / 三川美里作 ; HANA 翻譯 . -- 1 版 . -- 臺北市 : 城邦文化事業股份有限公司尖端出版 : 英屬蓋曼群島商家庭傳媒股份有限公司城邦分公司發行 , 2024.03
面 ; 公分
譯自 : **龍ノ国幻想 . 3, 百鬼の号令**

ISBN 978-626-356-983-6 (平裝)

861.57 112011743

龍之國幻想

龍之國幻想